票根记

马继远 ● 著

北方联合出版传媒(集团)股份有限公司
春风文艺出版社
·沈阳·

图书在版编目（CIP）数据

票根记 / 马继远著. —— 沈阳：春风文艺出版社，2023.5
　ISBN 978-7-5313-6424-5

　Ⅰ. ①票… Ⅱ. ①马… Ⅲ. ①散文集－中国－当代 Ⅳ. ①I267

中国国家版本馆 CIP 数据核字（2023）第 074480 号

北方联合出版传媒（集团）股份有限公司
春风文艺出版社出版发行
沈阳市和平区十一纬路 25 号　　邮编：110003
成都市兴雅致印务有限责任公司印刷

责任编辑：	韩　喆　平青立	责任校对：	陈　杰
装帧设计：	四川悟阅文化传播有限公司	幅面尺寸：	145mm × 210mm
字　　数：	262 千字	印　　张：	10
版　　次：	2023 年 5 月第 1 版	印　　次：	2023 年 5 月第 1 次
书　　号：	ISBN 978-7-5313-6424-5	定　　价：	75.00 元

版权专有　侵权必究　举报电话：024-23284391
如有质量问题，请拨打电话：024-23284384

《票根记》里的记忆
与作家的"生活世界"

范会芳

一

暑期里忙碌的节奏稍稍放缓。那天我在朋友圈更新了一条动态,没多久收到继远发来的信息,问我能否给他的书写个序。这两年各自忙碌,许久没联系,原来他又有新的作品要问世了。

很幸运,我是这本《票根记》的第一批阅读者。之前也有幸最早拜读继远的散文集,我熟悉他的文风,却不太熟悉他近些年的生活。所以,我几乎没有犹豫就答应了下来。

带着些许期待和兴奋,我一口气读完了这本别出心裁的文集。阅读的过程,仿佛在跟着他一起游历。十多年前曾经吃过的美食,某年某月曾经到过的地方,某时某刻的心境,与同学、家人、朋友相聚的瞬间等，这本集子里记录着继远这些年的人生轨迹与"生活世界"，他用所谓的"票根"将他曾到过的地方、牵挂的人、流过的眼泪以及目之所及巧妙地串联了起来。我真心佩服他的记忆力，更惊叹于他这独特的"收藏"嗜好。

二

现象学大师胡塞尔曾言，并不存在虚无的记忆。换言之，所有的记忆都是有指向性的，记忆总是关于某物、某人或者某时、某地的。在我看来，记忆可能是意识对现实的映照，也可能是现实对虚幻的过滤。总之，记忆不一定是写实的，但在"记忆者"的记忆中，它却具有现实性和实在性。

有关人类记忆的研究，近代以来哲学、心理学等多个学科都曾有涉猎。借助科学的力量，人类也正在揭开笼罩着大脑与记忆的神秘面纱。然而，就记忆的内容而言，它永远是私密的。记忆总是与个体的生活和经历密切相关，除非当事人主动揭秘，否则记忆就总在个体的意识深处，具有一定的神秘性和隐私性。当然，也有所谓的"时代记忆"和"集体记忆"。但它们也是由无数个体的记忆交织或汇集而成。脱离了个人的记忆，集体的、时代的记忆将不复存在。

《票根记》首先是关于作者个人生活点滴的记忆，像一部索引日志，蕴含作家独特的"生活世界"。我不知道作者收藏的嗜好是从什么时候开始的，但是我敢肯定的是，作者深谙记忆之道，他深知个体的记忆会随着时间的流逝而褪色或消失，所以在很久以前，他就是个"有心人"，才会不厌其烦，甚至事无巨细地收藏这些在他人眼中或许一钱不值的"票根"。他的收藏既是独特的，也是"蓄谋已久"的。

读这本《票根记》，我才知道他去过的地方、吃过的美食都是"有迹可寻"的。2012年10月10日，他正式到深圳工作，那一张机票记录了他深圳生活的开始。10月31日，他从深圳到南京出差，其间认识了不少新伙伴，开始重新建立他在深圳的关系网络。之后，他开始频繁游逛深圳的各种会展，没事去逛植物园，抽空到广州参加同学聚会，过口岸到香港品尝美食。原来他的生活如此丰富！关于他是个美食家这事，我必须承认，我很羡慕他。他不仅可以一个人旁若无人地吃火锅，还可以与众好友一起或小酌，或大醉，谈笑风生，何其快意！他涮过风靡一时的小肥羊，吃过金稻园滚烫的砂锅粥，品过名闻天下的洛阳水席，泡过休闲情调的星巴克。对继远的这般阅历，这份闲情，这份独特而清晰的记录，我发自内心地表示羡慕。

忙碌的生活里，许多事情变得了无痕迹，就如同深夜里的旧梦，明明在梦醒时分还记得清清楚楚，可就在跌入现实的那一瞬间，梦境便远去，徒留模糊不清的追忆。忙碌让生活变得浅显，也变得粗糙和无趣。正因如此，他的这份记录才显得格外宝贵，这份闲情才格外让人眼红。有闲的身体加有趣的灵魂，所以才会生出这许多看似闲散的闲逛和看似不经意的闲笔。

裴多菲曾说过生命和爱情在自由面前会显得逊色。我们有时也会说喜欢自由，但是能够真正在现实生活里活得自由洒脱的却没有几个。大都是口中喊着自由，心里却惦记着名利。作家继远不是这样的人。他爱自由，而且从行动到灵魂，他都达到了自由之境。跟随他的记录，我们知道他去过日喀则，见识过西藏的辽阔，吹过那里自由的风；也曾到珠峰脚下用自由之目光仰望过世界之巅的巍峨。他用脚步书写了一篇篇属于他的"诗和远方"。他爱故乡，曾走遍洛阳城里大小景点，对故乡的人文与典故如数家珍。他用行动阐释了什么是热爱，什么叫以故乡为荣。他的记录里不止一次提及他在洛阳生活的点滴，包括到深圳后第一次返回的情境，包括与亲友相聚的场景。那些记忆何其熟悉，仿佛我也曾经历过。

其次，《票根记》还关涉时代的集体记忆。曾经在20世纪90年代读大学的人都会记得在电话亭前（或者是在宿舍）排队拨201电话卡的情景，那个时候BP机还没有普及，更别说后来人人皆有的手机了。电话卡是国人进入即时通信时代的一个信号和里程碑。那时候我们带着兴奋，宁可少吃一顿饭，少买一件喜欢的东西，也要从紧巴的生活费里省出买电话卡的费用来。听着电话中嘀嘀的链接声，多少身处热恋中的青年男女心潮荡漾，恋人的声音终究要比写在纸上的思念来得真切。那些年里，我们都没少买这201卡，所以他收藏的这些"古董"我并不陌生（那个年代的许多人都有类似的收藏）。看他写的关于电话卡的记忆，我仿佛重新回到拨卡打电话的年代，仿佛又想起了那些人、那些事。

属于集体记忆的还有带着邮戳的家书、同学之间的通信以及从某个同学手中硬抢来的那枚难得的邮票。写信是电话普及之前人与人之间保持联系最常见的方式，所以大学里空闲时间的至少三分之一都用来写信了，今天写给家人，明天写给恋人，似乎生活中最快乐的事情就是收到家书和情书，拆信的雀跃之情与今天拆快递的感觉有异曲同工之妙。据说许多女生的文笔就是在写信的过程中练就的。邮寄信件还需要到邮局买邮票。因此精美的邮票在那个时候"一票难求",要是看到谁的信封上有好看的邮票了,一定会主动给收信人帮忙,最后再弱弱地问一句,能否把你的这枚邮票送与我。若对方爽快答应,那一刻的幸福一定不亚于心仪的异性不经意间给予你的那一个回眸。

属于集体记忆的还有办公桌玻璃板下压着的家庭合影、旅行图册或者从某个报纸上剪下来的"人生格言"。作家这么做过,我也这么做过。《票根记》里还有"小人书"。家里若有一套,那在同学面前一定神气得不得了。集体记忆还包括作者留存的金龙饭卡、盖着红色印章的洗澡票等。这些曾经出现在我们生命中某个阶段的物品,它们不知何时悄悄地退出了我们的世界,若不是在文集里再次看到,恐怕早已不记得了。所以,许多物品的意义就在于此,《票根记》的意义也在于此。有些记忆,注定只属于你我,只属于那些曾经见证过它、使用过它的人。

三

读完《票根记》,我感慨作者的收藏之广:他笔下的票根既包括各种票据,如车票、船票、机票、门票、邮票、发票、收据等,同时还包括各类证书,如准考证、毕业证、通行证,甚至包括信件、小传单等。作者几乎留有一切与他的生活有关的凭证。这与其说是一种奇怪的癖好,不如说是一种独具慧眼的收藏。

读完《票根记》,我感动于作者的情真意切。他对家中晚辈的谆谆告诫,我读后颇为认可,换作我,我可能有百分之八十的话和他说的一样。他对母亲的怀念让人动容,他回忆起母亲临终时被从重症监护室推出来的那一刻，眼角流出两颗清泪的心酸场景。母亲的养育之恩无以为报，他的遗憾和心痛都记录在了这本文集里。

《票根记》里还有许许多多类似的故事和心迹，比如他对自己是不是作家这一身份的调侃与认同，他对"我们仨"跨越三十年友谊的记录，他对高中和大学阶段许多事情的追忆，都让我读之难忘，一次次湿了眼角。

这世界上究竟什么才是最珍贵的，读完这本《票根记》，我有了答案。所谓"一枝一叶总关情"，这些"票根"看似无足轻重，却与作家个体的精神世界息息相关。点点滴滴的收藏中，包含着过往，饱含着深情，看似平淡的叙述，却具有震撼人心的力量。

2022年7月于郑州大学

目录

001 / 南下
002 / 出差
004 / 高交会
005 / 发票
006 / 献血
007 / 高铁票
008 / 返深
009 / 广告单
010 / 仙湖
011 / 文博会
012 / 充值卡
013 / 网络游戏
014 / 同学会
016 / 三城记
018 / 临时身份证
019 / 学员证
021 / 探亲
022 / 桂林
024 / 印象刘三姐
026 / 城市符号

028	/	牡丹展
030	/	诗歌人间
033	/	砂锅粥
035	/	订报单
037	/	诗文朗诵会
039	/	旧物件
041	/	小火锅
043	/	漫咖啡
045	/	毕业证
048	/	电影卡
051	/	小肥羊
053	/	老友聚
056	/	中英街
058	/	地铁卡
060	/	城市双年展
062	/	征文
064	/	天后宫
066	/	大鹏所城
068	/	体检报告
072	/	西藏
074	/	拉萨
077	/	日喀则
079	/	去珠峰
082	/	珠峰大本营
085	/	青年客栈
088	/	江孜
091	/	青藏铁路

094	/	书签
096	/	百公里
099	/	大闸蟹
103	/	稿费单
106	/	站台票
109	/	准考证
113	/	无锡
117	/	选调
121	/	洗浴卡
124	/	电话卡
127	/	邮票
130	/	银行卡
133	/	座右铭
136	/	近视镜
140	/	小人书
143	/	大学
147	/	去云南
150	/	腾冲
153	/	和顺
156	/	大理
160	/	香格里拉
164	/	梅里雪山
168	/	丽江
171	/	会员证
174	/	粮票
178	/	春都火腿肠
181	/	香港

185	/	高考
188	/	老照片
194	/	剪报
198	/	贺年卡
202	/	租房
206	/	买房
210	/	装修
213	/	获奖证书
220	/	牡丹花会
225	/	解放路
231	/	学生证
237	/	烟盒
241	/	树叶
244	/	王城路
251	/	录取通知书
255	/	北京
261	/	钱币
266	/	剪纸
270	/	灵山寺
275	/	毕业纪念册
280	/	演出门票
284	/	日记
287	/	旧地图
291	/	生命奥秘
294	/	学车

301 / 后记

南下

这是2012年10月10日，我正式来到深圳的大巴票、机票存根。当天早上7点我在洛阳友谊宾馆乘机场大巴到郑州新郑机场，带的行李不多，几件衣服，还有母亲为我准备的一床毛巾被、一床蚕丝被，都塞在一个拉杆箱里。洛阳早上已很凉，穿了外套。就这样，我飞到了温暖的深圳，这是一个全新开始。

——录于2020年11月7日晚

出差

这两张是2012年10月31日和11月2日，深圳—南京往返的登机牌。

到深圳新单位二十天就要出差了，几位领导带队，我们一块儿招进来的几个小伙伴，我、鹏鹏、晶晶、丹丹、琳琳都去了，昌昌也去了。

时间很短，行程很紧张，我们去了南京、镇江、扬州。这几个城市我在洛阳工作时都去过，当时南京已去过三四次。不过，与新结识的小伙伴同行，颇为高兴。尤其在洛阳时，出差机会极少，到深圳没多久就能被安排出差，蛮高兴的。

小伙伴们相识不久，出行很欢乐。印象较深的是住南京时为压缩开支，昌昌、鹏鹏和我住一个标房，酒店给多支了张小床，昌昌在洗澡时欢快地唱着"洗澡歌"，还有鹏鹏洗完澡抹"大宝"防干燥的事。在扬州时，大家晚上才有时间到瘦西湖大门口拍照留念，走到运河公园，昌昌站桥上双手捧月亮拍照，我的摄影技术极差，全给拍花了。

回来后写学习考察调研报告，折腾得很，搞了六七稿吧。报市政府，连同另一个总结报告，短期内得到了两个批示。

单位里年轻人的关系那真的是出奇地好，小伙伴们欢乐相处，开玩笑、聚会、玩耍，也偶尔闹个小别扭，大家的昵称就是那时候叫起来的，我还找到了"失散多年的表妹"。不过，大家各为生计奔波，人员流动之快超出我的想象，加上当时同来的小生子、小庆子，数年间仅我们同来的七个人就调动、辞职走了四个，留下的是我、琳琳、鹏鹏。

　　今年有阵子与昌昌又同坐到一个办公室，他有次感叹："怎么感觉小伙伴们不像以前那样能一块儿坐着喝酒了？"我笑说："那时候大家都小，现在都长大了呀。"

　　是的，那时我才三十几，现在都四十多了。这两张票根上，有一张上的一些字都褪色了。

——录于2020年11月8日上午

高交会

　　这是2012年11月16—21日第十四届高交会的证件。当时我入深不久，对深圳的会展经济了解不多，听说可以申办证件，就随大家一块儿办了，并没去看展，虽然坐地铁去会展中心就一站，作为小文青，对技术类活动天生有点排斥。单位的小张莹等人午饭后去看了，回来说里面有机器人什么的。往后每年高交会也都申办了证件，有的还留几张散票，仅作为保存留念，真去看的也就一两次吧，文博会倒去过多次。今年高交会又开幕了，很遗憾，今年没申办证件，可能无证可存了。

——录于2020年11月9日中午

发票

　　近几年，这种纸质发票已很少见了，现在多是电子发票、二维码发票，据说还有区块链发票，看来这些纸发票以后真会成为文物。你没看错，这几张发票是刮出了奖的，都是一百元。那两年，流行发票刮奖，我下馆子会索要发票刮一刮取乐，朋友说我是易中奖体质，确实经常中奖，连新股抽签都中了好几个。回看存下来的几张发票，还挺乐呵呢。无论什么，比如财运，发大财，发小财，实乃天注定。就像上周四我卖了只股票后，它近两个交易日已出现两次涨停。得多得少，都是天意。得之，就当小确幸。未得，来个小"呵呵"。

——录于2020年11月9日晚

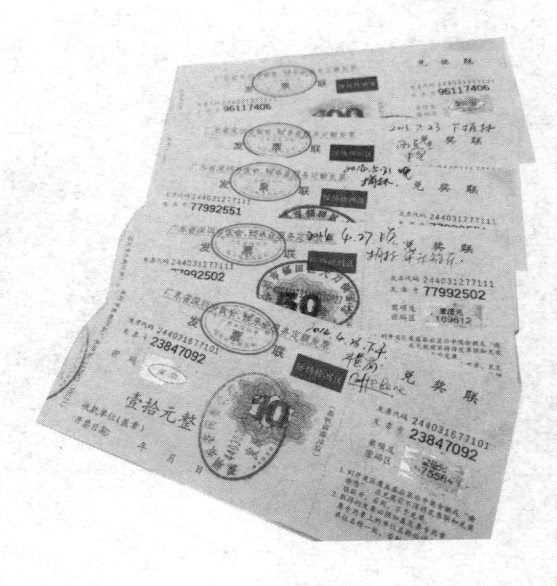

献血

  这个无偿献血宣传册页，应该是2014—2015年前后在莲花山公园门口献血站附近收到后存下来的。我的收集夹里，集有不少莫名其妙的东西。今天发这个出来，是因为看到我们家可爱的小金旦上大学没几天，就去无偿献血了，现在的小男生，还真是热血青年。我拿宣传册几年了，从没去献过，开始是因为自己瘦，后来是因为自己上年纪了，觉得身体不如从前。

——录于2020年11月10日晚

高铁票

深圳到西安的高铁2012年9月29日开通,经停洛阳,简直是为我南下深圳铺设的。只是当年10月来深圳时,没有买到票,这张2013年1月31日春节前返洛的车票,成了首次高铁长途旅行,八小时左右,朝发夕至。我当时颇为兴奋,只是遗憾那会儿我用的还是落后的功能机,没有拍什么照片。到洛阳龙门站后打车回芳林路,放下行李,洗把脸,就去行署路天府火锅与几位朋友聚会,参加的有张丽老师、梁凌老师、小灰老师,以及一位姓林的主任,我带去了李处分享给我的莲雾。三个多月未见,大家聊得很嗨,朋友们说我变黑了点,但人精神了。晚上住芳林路的家,曾住了十二年,但由于某年初春的一个夜里家中进过贼,居然有点害怕,睡得不好。记得次日早我喝了牛肉汤,去王城派出所办了户口迁移手续,又见了几位老友,提前开启了过春节的模式。

——录于2020年11月11日晚

返深

　　2013年2月15日晚6点,从洛阳牡丹广场友谊宾馆乘大巴去新郑机场。当时肯定是没买到节后回深圳的高铁票,无奈我便去乘飞机了。当晚住新郑机场附近,次日上午航班又延误,回到深圳都下午4点多了。从T2航站楼出来,乘深圳的330机场巴士,当时坐到投资大厦20元。印象中,我自此没再去过新郑机场,深圳的330巴士也没再坐过。很多人,很多事,一别,可能就是数年甚至永远,能留下的也就是几片纸甚或完全的空白。

——录于2020年11月12日晚

广告单

作为地图爱好者，对我而言，今天推的这个折页，首先是一张深圳市地图，然后才是康辉旅行社的广告宣传单，收存好几年了。当时地图里深圳的地铁线只有五条，现在十一条。这应该是某次从深圳机场原T2航站楼出来后，业务员派发给我的，或者在机场330巴士上拿到的。T2似乎也是很遥远的事了，T3航站楼运行也有几年了。这种小广告页的好处是可以增加些大概知识，比如深港澳有哪些冷或热的景点，跟团的话一日游二日游怎么走。看看，有那么点意思。游览线路里有提到明斯克号航母，哦，你知道明斯克哪年从深圳开走的吗？问了"度娘"，2016年春，那也是四年前的事了。

——录于2020年11月13日晚

仙湖

这张是2013年初次去仙湖植物园的门票，具体时间已不可考，估计是在四五月份，好像是我与一同事去的。本来奔弘法寺去的，寺庙不收门票，进大门经过的植物园却是要收票的。仙湖这个地方，好像说是深圳"四大邪地"之一（另三个是深大、和邦酒店、中银花园），所以建了弘法寺镇邪。这说法太迷信，每次去，觉得一山一湖一寺都很好，寺院香火旺得很，每年新年烧头炷香的人都挤满山路。说到仙湖，奇怪的是它居然没评入深圳当年流行的"五湖四海"（五湖是东湖、西丽湖、香蜜湖、银湖、石岩湖；四海说法不一，深圳湾、大鹏湾、大小梅沙、海上世界）。仙湖自美，不争浮名。

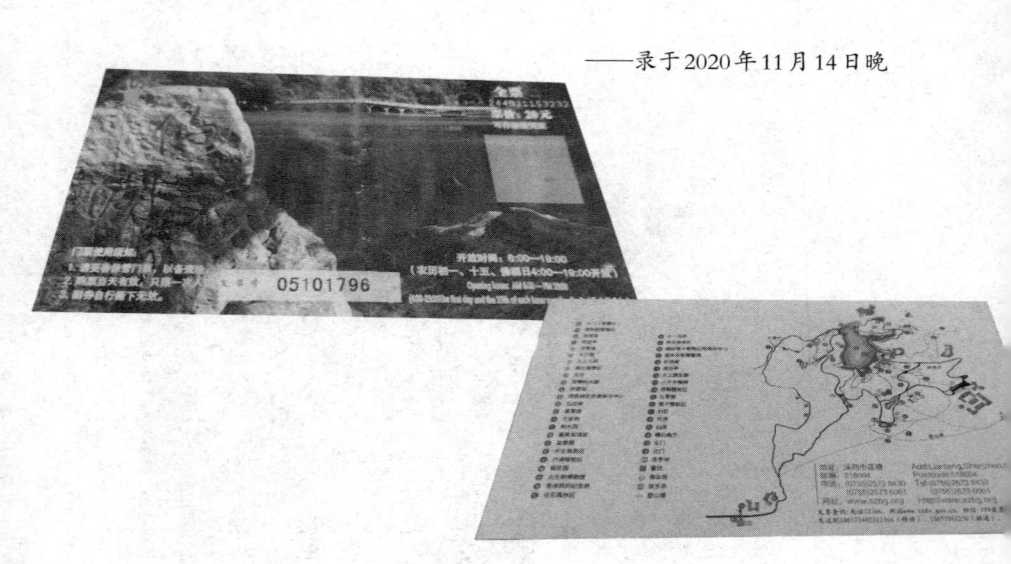

——录于2020年11月14日晚

文博会

今天我找出2013年5月第九届文博会的门票，是因为下午正辛苦练车时收到个短信："第十六届中国（深圳）国际文化产业博览交易会将以云上文博会的形式于2020年11月16日下午至20日举行，展期全天候开放。十二大展馆云上亮相！"（短信内容略有删减）从5月延迟至今，今年的文博会能开，不容易。云端文博，高端、时尚，只是不能到现场去体味那些古今中外五花八门的手工艺品了。另外，今年的纸质门票貌似没有了，几乎连续收集了近七届的门票，今年收集不到心里空落落的。

——录于2020年11月15日晚

充值卡

  曾几何时，各种电话卡超流行。记得有IC卡、201卡、301卡，这些多是拨街头固话用的。后来手机多了，但缴存话费尚不方便，就冒出了各种充值卡。这张2013蛇年的中国移动手机充值卡，来源无考，被我收存，多半因为它是一张生肖纪念卡，当时肯定想着说不准能集齐十二生肖卡呢！十二年太长了，什么都在变，很多事情都已经或将要消逝，不知不觉就见不到了。现在缴话费，各种App上就能操作，谁还吃饱没事去舍近求远买充值卡？太多物事也在应验那句话："时代想要抛弃你，连声招呼都不会给你打。"

——录于2020年11月16日晚

网络游戏

　　又是一张来源不明的收存，10元多多卡，提供奥币等网游充值。关于网游我不大懂，没兴趣，至今在手机上玩过一两次的游戏，仅是幼稚的"贪吃蛇"。网游里的虚拟货币，吸走的肯定还是现实中的钱，看到过熊孩子为玩游戏偷花大人几万元去充值的新闻，在12345热线也听到过家长对网游没有防沉溺设置的投诉，家中的一个小屁孩当年辍学后也是天天窝家里打游戏，所以我对网游印象坏极了。现在，电竞成了正规体育比赛项目，网游与电竞一样吗？如果网游等于电竞，那算得上咸鱼翻身重新正名了。可即便是能成为电竞运动员的能有几人？对于大多数人，它无论叫什么都是个游戏，消遣而已，宜适可而止。

　　　　　　　　　　　　　　——录于2020年11月17日晚

票根记

PIAO GEN JI

同学会

　　这是我2013年7月12—14日参加广州同学聚会的车票，珠江夜游船票。很多地方都在上演"双城记"，比如京津、成渝、郑洛，还有广深。到了深圳，怎能不去广州呢？大学同班同学，深圳五人，广州六人，佛山、东莞、茂名各一人，加起来四分之一在广东。有次深圳的同学会面，我提出与广州同学聚一下，本

想是广深聚，说着就扩大到全广东了，然后武汉七个要过来，说高铁也不远，接着湖南、江西、广西、云南、海南、河北、浙江等地的都说要来，感觉有高铁飞机，大家去哪都方便。最后，三十多个同学聚在了广州。毕业十四年了，他们有的在武汉参加过毕业十年聚，我则是头回参加聚会。大家夜游珠江，唱K，冒着汗走了几步白云山、去琶醍泡江边酒吧，过了个比较嗨的周末，然后四散回去过各自日子。比较有意思的是，同学们纵然十多年不见，却并不陌生，仿佛毕业分手只是昨日的事。更庆幸的是，有的同学已发达，更多同学生活则平安舒适，人皆安好！没有比这更好的再次见面了。

——录于2020年11月18日晚

三城记

2013年7月14日上午我在广州参加同学聚会，大家一块儿吃早茶，中午我回到深圳吃午饭，傍晚就到了香港维港边上吃晚餐，一天三座南方大都会，妥妥的"三城记"。

从前，香港遥不可及，到深圳后，香港就在河对面，很快去办了港澳通行证。初次到香港是跟着丹丹与表妹过去的，在单位吃罢晚饭，坐地铁到福田口岸通关，乘东铁线到了上水，没有新奇繁华，失望得很。她们说这是香港郊外的小镇。对，香港也有郊外，有乡下。在一个小超市（好像是万宁）买了东西，吃了些甜品（或是尝了下超市买的鸡尾酒饮料），就打道回府了。再去香港，是周末一个人去的，到红磡，坐天星小轮渡过维港，晃悠到中环，逛过石板小街，到了半山缆车、植物园等地。天色稍晚，赶紧回深圳。

2013年7月14—18日，则是去香港理工大学培训。喜欢闲逛的我，抓住空隙，傍黑爬上了太平山，雨夜里趿拉着拖鞋到兰桂坊泡了下，坐缆车上了大屿山，影院里看了《环太平洋》，这个电影刚巧是以香港为背景，看着银幕上国际金融中心在沉陷、青马大桥在断裂，很震撼。

香港多好啊！太平山顶看到维港两岸的璀璨夜景，穿行窄狭巷道闻见的市井烟火，授课老师和普通市民的友好温和，街上川

流不息的车流人流都让人喜欢。年底跨年时，我下班后又一人赶到维港边星光大道，看了八分钟的跨年烟花。之后几年，我好像又去参加了两次培训，闲时吃吃逛逛，体会市井民情，虽不再新鲜，感觉倒还过得去。

现在，一切在向好，香港是深圳改变不了的邻居。深圳河没有维港那么宽，希望未来的深圳河两岸，北有深圳万千高楼，南边也能立起香港高楼万千，一河相隔，高楼相映生辉，倒真是人类文明一大盛景。

——录于 2020 年 11 月 19 日晚

临时身份证

　　这张是2013年8月23日匆忙去广州参加一个培训时留下的车票，印象中我是与昌昌同学一块儿去的，培训内容好像是与网上办事大厅相关。我这算是第三次到广州，还比较陌生。中午，昌昌很老练地带我去吃"大快活"，这店名豪爽快意，饭菜味道也可以。此行的特别之处在于，我因为忘带身份证，铁路公安给开了一个临时身份证明，有效期为当天。此生终于有过一个临时身份证明，我要证明我是我。当时，"深小i"App尚未诞生，不然，就用电子身份证了。

——录于2020年11月20日晚

学员证

昨晚与几位党校同学小聚吃火锅，恍然聊到我们认识已六年多，其间多少次随机小聚吃了多少顿火锅，都记不清了。今天算算时间，推出这张学员证是我在2014年5月10—22日在党校培训时得到的。

在机关待了二十年，党龄也有十六七年，参加党校学习培训的机会居然只这么一回。庆幸的是，只一次培训，就遇到了很好的两位博士带班老师，遇到了一群很好的同学。虽同在机关，但聚到一个班上，也是萍水相逢。十多天培训结束，通常情况下，同学也就散了，可是我们没有。几年下来，不确定的三五人、五六人还时常小聚，吃个老生常谈的火锅，聊下各自的酸辣咸甜，像极了老朋友。从小学到大学，同学很多，却从没想到，最后同处一城，同处机关系统，有相似工作感受，能随时约起打火锅闲扯的，居然是这些只有十多天共同学习经历的同学。世界很奇妙。

几年间，班上已有不少人职务变迁，出场小聚的机会明显少了，没关系，意兴而聚，意尽而散，出来小聚的，本就没什么功利之心。也有如我这般依然默默过着的，遇到有人召唤小聚，乐则前往，闷则回绝，本来大家小聚就图个自在，完全不必勉强自己。也听到些悲伤的消息，有人英年早逝，因公殉职（班里的人其实我没认全，也可能是别班的，但终是我们公职队伍的损失）。

以后呢，也许有人会悄无声息地退出，也许有人依然会这般松松散散、全凭意兴地一直小聚小乐到老。到那时候，最可念的，当不再是那十几天的同学之谊，而是互损互怼的老友记了。

——录于 2020 年 11 月 21 日晚

探亲

  此次回家应该算是比较快乐的一个假期了。2013年6月9日至6月16日，中间含着一个端午节。当年回去，应该是见了些朋友吧，可惜记不清了。查了QQ空间，没有存照片，"说说"也没记录什么，微信朋友圈肯定曾发过什么，不知什么时候傻傻地全给清空了，所以这个假期有点空白。唯记得回去时天气难得清凉，跟大姐、小佳佳去矿口逛了次庙会。那个端午，父母健在，我还无忧无虑，谁能料到六年后的端午假期，我却就遭遇了人生最大的伤痛呢！

——录于2020年11月22日晚

桂林

  2013年9月27日至10月1日桂林游。此行票根太多，分两三拨推出吧。

  如我这般年纪的，想必大多是从一篇叫《桂林山水》的小学语文课文里知道桂林的。大学的某个时期，宿舍走廊里经常有"我要去桂林呀，我要去桂林"的歌声响起。桂林山水甲天下！如何个"甲法"，只有见过才能知道。

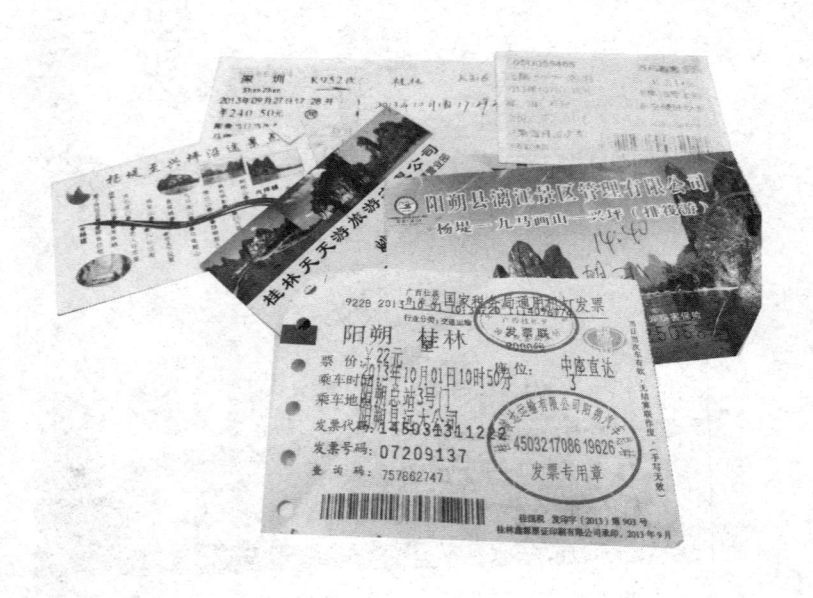

七年前临近国庆的一个傍晚，对桂林的相思，终于化成了一张夜行的车票，我坐上绿皮火车，晃晃悠悠地到了桂林。

景是美的，一众秀峰如竹笋般悄然拔地而起，竞相成林。坐竹筏从杨堤到兴坪，看到了20元人民币背景"黄布倒影"，看到了九马画山，感受到漓江的水真绿呀，漓江的水真清呀。

三十几岁，有点小钱，有点小闲，桂林山水就不再是远方的梦。进入山水，又发现跌入了另一个梦；船到尽头，赫然一道堤坝，原来一江绿水都是蓄起来的虚幻梦境。

——录于2020年11月23日晚

印象刘三姐

到了桂林，到了阳朔，不能不去看《印象·刘三姐》。阳朔西街的酒吧，叫"盘丝洞"也罢，叫"后街男孩"也好，都透着股乡村非主流文艺范，比起丽江、大理等地的酒吧还差点。张艺谋执导的《印象·刘三姐》，开大型山水实景演出之风，之后各旅游地蜂起而效之，如嵩山的《禅宗少林·音乐大典》，拉萨的《文成公主》等，这些演出节目确实丰富了旅游的文化内涵，拉起一条产业链。

我是通过住宿的民宿客栈老板订的票，价格不菲，二三百元（当然有被宰的成分在里面），晚上坐车从阳朔去演出地观看。

确实蛮震撼，服、化、道都很醒目，情节虽简单，但情节并不重要，重要的是气势，大场景，人海战，果然是张艺谋惯用的表现手法。看后觉得也是值了那个票价。这之后，再出去玩，但凡有机会看类似实景演出，我都会很乐意去。那么多人，在那么真实的山水场景中，在你眼前演绎从前的故事，是不是蛮高雅的？

——录于2020年11月24日晚

城市符号

一提到桂林,我们会想到"桂林山水甲天下",桂林山水的代表是20元人民币上的"黄布倒影"。而桂林城最具代表性的城市符号应该是"象鼻山",在影视剧里、天气预报风景图里经常出现。此次到桂林,印象中似乎因为河流缺水,"象鼻"是露在了石岩上,而不是扎在河里"饮水",略有遗憾。

扯下城市代表符号吧。像我老家洛阳,代表符号肯定是牡丹、龙门卢舍那大佛,这很有辨识度。深圳的城市代表符号是什么呢？记得有次听讲座老师提这个问题,有莲花山公园、邓小平铜像、市民中心的大翅膀、京基100大厦（现在被平安金融国际中心赶超了）、大鹏所城、梧桐山等,每一个都有一定代表性,但似乎又不那么有说服力。这些符号放出去,不说是深圳,外人能迅速辨别出来进而联想到深圳吗？显然都有点难。

这是深圳的尴尬之处。深圳才四十年,比起那些历史文化名城,确实尚未沉淀出最具代表性和影响力的特色城市符号。其实符号也不一定非要是文化、山水名胜,广州"小蛮腰"也是新建筑,但它因为有辨识度,便成了广州的象征。在这方面,深圳可能真需要沉淀或创新一两个符号出来,不然论起深圳,印象中就是一片高楼群,记得住的,又似乎没有。

——录于2020年11月25日晚

牡丹展

真可谓"他乡遇故知",2013年10月22—28日,"千年帝都 牡丹花城全国摄影"暨牡丹书法展在市民中心举行,我在深圳近距离看到了洛阳的牡丹、老城、山川、古迹等,颇具自豪感。

在市民中心上班那几年,能享受到一个莫大的好处是,B区展厅里不时会有书画、摄影、创意设计、工艺品等各类展览上演。吃罢午饭,到那些书画艺术品前走走晃晃,既消食,又大饱眼福,真的是美美与共。

这次，老家洛阳的展览在身边举办，更要多去晃几次。那些非常熟悉的风物景致，艺术化地再现于眼前，已经不能仅仅用好看来形容。与小伙伴们去看展时，我基本上充当导游的角色，予以充分解说发挥，要知道，我在洛阳城工作了十二年，对洛阳太熟悉了。

我浓重的"河普"（河南普通话）太过突出，也吸引到一位看展同乡的注意。另一个部门的峰哥问我是不是洛阳的，我们就认识了。真是缘分！

洛阳牡丹甲天下！牡丹有多好不多讲，默引几句古诗吧。"庭前芍药妖无格，池上芙蕖净少情。唯有牡丹真国色，花开时节动京城。""洛阳地脉花最宜，牡丹尤为天下奇。""花开花落二十日，一城之人皆若狂。""天香夜染衣犹湿，国色朝酣酒未苏。"

4月里，一定要去洛阳看牡丹。

——录于2020年11月26日晚

诗歌人间

诗歌人间，人间诗歌。下午请了假，去中心城胡桃里酒吧参加深圳读书月之"第十四届诗歌人间朗诵会"，看到了于坚、韩东等诗人。他们大多超五十岁了，好几个光头，上台朗诵自己的小诗，朗诵能力不好，都羞涩、不善言辞——诗人的共性？

接下来说说2016年11月25日我去中心城参加"诗歌人间第十届原创诗歌音乐会"时得到的小贴片、作品集。当时，我是与一位小伙伴同去的，凑热闹为主。我们看到了舒婷，她的《致橡树》都已流传三十七年了，小伙伴找舒婷签名，舒婷婉拒，我们也能理解，后来还是找于坚给签了个名。

对于现代诗的感受，实在难以言表。我小时候是装模作样写过诗的，大了后，觉得现代诗实在太装，经常读了不明所以，就不大关注了。除了语文教材里的几位诗人和一些诗，其他诗人和诗我知道得并不多。说起古诗，李杜诗篇万口传。反观现代诗，写诗的貌似比读诗的多，有几人能再写出"面朝大海，春暖花开"，写出"黑夜给了我黑色的眼睛，我却用它寻找光明"这样的流行诗句？我能记起的，只有余秀华的一句"穿过大半个中国去睡你"。

余秀华的一夜成名，也折射出诗人和诗歌的尴尬。据说余秀华写的诗，在她成名前连在地市报发表都难，那成名前她的诗为什么没人认可？诗歌好坏的判断标准到底是什么？"梨花体""羊羔体"盛行，很多诗感觉就是一句话被不停打了回车键，现代诗，我真的难以形容。

近些年"诗和远方"盛行，我关注了"为你读诗""读首诗再睡觉"等公众号，开始去琢磨一些现代诗，我对现代诗的整体感觉有所改善，会去捕捉诗歌里的状态和张力，但仍然会对一些诗产生"不明觉厉"的感觉。今年较特别的是，坐地铁时，我居然莫名开始喜欢在手机上码几行，美其名曰打油诗。发朋友圈里，也有朋友肯定。古代诗词讲对仗，讲押韵，讲意境，现代诗的标准是什么呢？我其实仍未想明白。自己瞎诌时，能用的手法还是"赋比兴"，想做到的还是"信达雅"，最起码，要让别人能看明白自己在表达什么吧！

希望什么时候我能出本自己的诗集，更希望里面有几句能流行起来的诗。更重要的是，我要在胡乱诌诗中，努力去触碰生活隐秘的神经。

——录于2020年11月27日晚

砂锅粥

外面大风呼呼吹着,气温终于降下来,有了不少凉意。周末早上,睡到自然醒后,猫在被窝里,生活如此美好!继续写我的《票根记》。

这是2013年我收存的金稻园砂锅粥店的一单广告页,整个设计挺小资的,"味随心,粥之外""滋心知意知粥尝乐""海内真知己,山水偶遇时""香味,感触心灵""生活加法""知粥常乐",这些词蛮文艺的。

食材却挺重口味的,虾、蟹、鲍鱼、鳝、生蚝、蛇、鸡、鸭、鸽、鹧鸪,可单纯,可各种搭配组合。这是做粥?明明是一桌满汉全席的原料呵。

吃小米粥、玉米粥长大的人,对粥的定义,应当是素的、原味的,可以加糖,但不能加盐,一般早晚餐时吃。到南方,确实会颠覆对粥的概念界定,粥是咸的?粥里面煮这么多肉?海鲜也能煮进去?乖乖,这还叫粥吗?!

它们确实还叫粥，咸的，一天三顿都能吃。早餐本该淡淡的，可广东早茶里，鱼片粥、瘦肉粥、及第粥都是咸的、带肉的。砂锅粥倒是中午晚饭吃得多，里面含金量十足的食材足以让人瞪大眼。

　　我不介意，作为从小贪吃的一枚吃货，除了野味，广东的美食我都爱吃得不得了，四川湖南等地的美食都一样，放开吃、尽管吃，反正也吃不胖不怕胖。

　　说回粥，"闲时与君立黄昏，灶前笑问粥可温"，这是人生小闲情小确幸。在这个南国清凉适意的早晨，何人可问？

——录于2020年11月28日上午

订报单

恍惚间，自己订阅报纸杂志已是很久远的事儿了。这张是2013年11月24日在梅林邮政局订阅2014年《领导文萃》杂志的收据，已保存了整七年，今天看起来还挺带感。

有很多订报订杂志的经历，记得读小学时，订过《小学生学习报》《金色少年》。那时乡村还是极其贫穷，交通也不便，收到报纸杂志的人们都觉得兴奋。高中后，就基本不订了，直接到报刊摊去买，可选的种类也多。

近十多年，通信、资讯更加发达，纸媒日渐滑坡，看报都变成了稀奇事，单位里每天成摞的报纸杂志搬进来，无人问津，旋即就被当废纸卖掉。我这人比较守旧，经常还带几份报纸晚上回家看（顺带集点报纸卖钱）。今年换岗后，连报纸的影子都见不到了，反倒有些怀念读书看报的日子。

单位里报纸杂志很多，当时为什么会自己跑去订一份，不得而知。不过《领导文萃》《公务员文萃》是两份不错的刊物，汇集时政、管理、历史、文艺、外交等短文，值得一读。我休假时曾逼着家里的小美彤、小金旦读过几期，2019年高考语文试题公子小白的故事，貌似就在这些杂志里出现过。

前阵子我在微信上与羽哥闲扯几句,他说《深圳特区报》副刊他每期都看,没空时就集起来闲时再看,纸质书报还是有点特殊的感觉,但确实是一流的人才和文章越发涌向自媒体了。我听后很佩服,觉得自己近来把原本从小养成的较好的读报习惯搞丢,实在太不该。

　　时代发展太快,不全是好事,许多老的生活习惯还是得坚持,正因为稀有,方显其珍贵。

——录于2020年11月28日下午

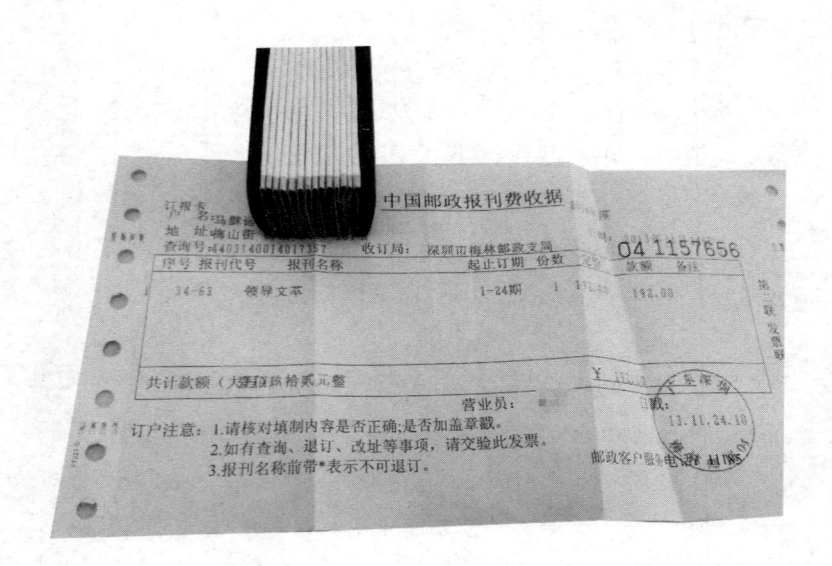

诗文朗诵会

人们为什么喜欢大城市，除了机会多、更容易找到适合自己的发展方向，还有就是大城市的配套设施齐全，硬件或软件设施都要优于中小城市。各种展、各种会、各种吧、各种美食、各种场馆，可以让生活更丰富多彩。

市民中心是深圳之心，书城、博物馆、图书馆、音乐厅、少年宫都在这儿，各色活动绵绵不绝。这张2013年12月12日在音乐厅的经典诗文朗诵会门票，印象中是小张莹给我的，她应该是

从她老乡那儿拿到的。

  当晚朗诵会比较精彩，焦晃、奚美娟等，都是比较有修养的艺术家，除了影视话剧，他们的声音居然也如此有艺术感染力。奚美娟还是个作家，报上经常能看到她的文章。果然，优秀的人总是全能的、复合型的。

  音乐厅我是头一回进，里面确实很高档，建筑设计风格咱不懂也无法描述，反正感觉比市民中心那个盖在头上的大翅膀好看且实用多了。

  这种文艺活动与美食相似，享受在于过程，过后再回味几天，就等着参加下一次别的什么活动了。

——录于2020年11月29日下午

旧物件

上个月底，旧蜗室内仅有的几件家当，包括热水器、空调、床及床垫、衣柜、书桌，全部断舍离，作为对价送给了帮我搬家的哥们儿，最终我仅搬走了几箱书、衣服，外加一落地电风扇。这个风扇现在成了我的心病，新居不大，它挺占地方的，而且新家四围空旷，处于风口，平时风大得很，目前没发现这个风扇的用武之地，扔掉又不舍，因为大老远搬过来的，不过最终可能还是要扔。

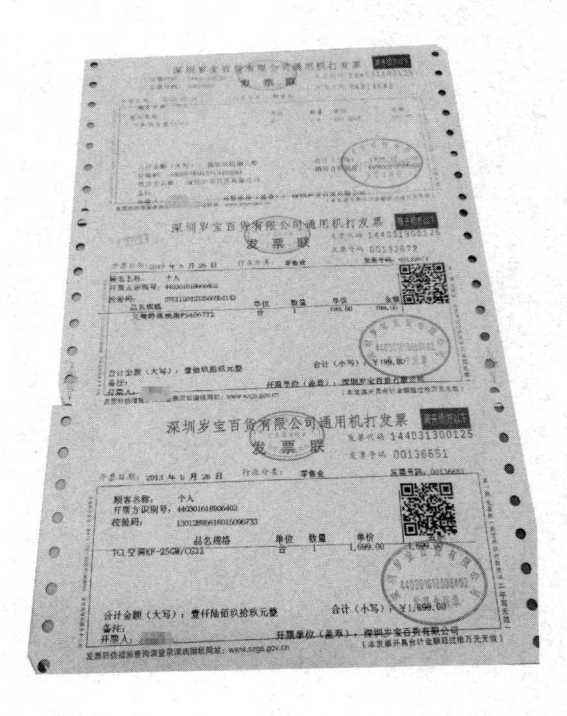

几件用了七八年的家电送人了，它们曾属于我的证明是还留着的三张发票：2012年12月14日我购买了万和热水器，这个热水器真不错，任劳任怨从没出任何故障。2013年5月26日我买了空调、风扇，空调说起来生气，买得有点多余，我不太喜欢吹，开始开过几次，后来几年就没打开过。风扇就辛苦了，有时冬天也要打开转转给房间排气通风，这可能也是我没舍得扔的一个原因，老物件，用久了都会有点感情。

上周与税务彭主任聊天，说现在的发票都趋于电子化，纸发票以后会更少。所以，留几张，也是见证，也是对那些陪伴自己七八年，现在已易主或报废的老物件的纪念。

如果万物有灵，那这些票就看作它们的身份证明了。

——录于2020年11月29日晚

小火锅

作为一名火锅爱好者,我三天两头吃火锅,"千味涮"是个绕不过去的存在。数年间,独孤员儿[1],或两三人,去吃过很多次。它的连锁店不少,我最常光顾的是中心书城里那家,还为其取了花名:小千千。

小千千的特色是简洁方便,适合一个人或两三人去吃。它又有点小清新,没有川味或渝味火锅店那种厚重的油腻感,适合独自消愁。菜的分量很精致,要个小单锅,菌汤、大骨汤、番茄汤、香辣锅底等任选,点三四个、七八个菜,坐那儿边涮边思考人生,真的是千般滋味一锅涮尽。此外,饮料可以勾选"畅饮",可乐雪碧芬达七喜随便喝,不限制杯数。

早几年,店中间设的是环形吧台,不认识的人比邻而坐,各涮各的,互不干扰,像极都市里的众生。这种饮食方式十分契合深圳的人口特征,食客就多,生意异常火爆,有时去需要排队等位。近两年环形吧台没有了,生意明显清淡许多,不知何故,难道那几拨喜欢小千千的单身狗都成家归巢了?

我去吃的次数多了,略有所感,写了个小文《一个人的千味涮》,文中描写了千味涮火锅店为单个顾客提供的火锅餐台、

---

[1] 独孤员儿:洛阳话,指一个人。

套餐，还有我一个人去消费吃火锅时的所思所感。有个小伙伴蛮喜欢，说是文中展现了一种"孤独经济学"。

　　这两张小卡券，是2014年、2016年的小千千电子券，买来刮开背面的激活码，充到小千千公众号，可享受一定优惠。服务员推荐就买了，常去吃，这些优惠一点也没有被浪费。

　　小千千正名千味涮，名字起得好，颇得火锅饮食文化精髓，喜欢！

——录于2020年11月30日晚

漫咖啡

果然是连锁店，虽相隔千里，分处两座城市，两家漫咖啡店的卡券样式却完全统一，集九杯消费杯贴可享受赠送一杯的玩法也一样。

除了星巴克，我去得比较集中的咖啡店就属漫咖啡了。"漫"者，散漫、浪漫，还带着点节奏慢的意思，确是消遣、发呆、休闲的好去处。

集的杯贴较多的那个店，是深圳1979文化生活新天地里的漫咖啡，对着香蜜湖。湖虽不大，好歹也是个湖，余晖洒在湖面，调调不错，进店里喝咖啡闲坐小聚聊天的人奇多，临窗望湖的位置比较难抢。

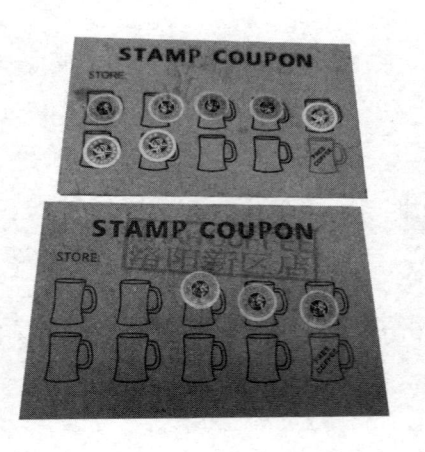

拿朋友及同事们的说法，我属于比较小资的那种，这种咖啡店是小资标配，所以常去，印象中有几次无疾而终的约会都放在这儿。

集杯贴这种活动，我是纯属无聊才参与的，好奇性大于实用性，与那几次约会一样不了了之，在只差两个杯贴时，就没了兴致，终是没有换到那杯免费赠送的咖啡。

洛阳新区这家店卡券上的三个杯贴，是一次性集下来的。当年休假回洛，与梁凌同学、小灰同学在新区体育场附近的漫咖啡店小聚，顺便集了三个。

可惜，外地的集贴，回到深圳无法共享使用。洛阳那家店，这些年再没去过了，朋友们面见得也少了。

两地漫咖啡味道的区别，或许有吧。彼时热聊，此时发呆，咖啡只是无声旁白，谁还顾得上它的味道呢？

——录于2020年12月1日晚

毕业证

酒酣耳热，浮华云散。夜半归家，继续写《票根记》。

常有人问我在农村还是城市长大，我都不卑不亢地说，我小学在共有四十人左右的村小读的，初中在乡里中学，高中在县城。

一路走来，我喜则喜，悲则悲，任性自在，没有任何矫饰与虚伪。我习惯了真诚、友善，有话直讲，不搞任何小团体，不参与任何是是非非。曾听到有人发出灵魂拷问：某某某（马继远）凭什么那么自信？我听闻后，给出回答：我正派、善良、努力、敬业、刚直，你呢？我确实自信，也看透了世上诸般苟且，但我并不自大，我依然在以我喜欢的方式认真地生活。

我姐的这个初中毕业证已有三十五年，老家洛宁县杨坡乡中学1985年制发的。我也有这个乡镇中学的毕业证，1992年发的，我来深前所有票证都存在老家洛阳，暂无法拍照。大姐的这个证，是去年母亲过世后我回家，在乡下老屋那个已有五十年历史的镜框后发现的，便带到深圳留存。

估计没多少人会重视一个初中毕业证，于现今社会，就业应聘、晋级提拔，初中毕业证了无用处。初中毕业，大体相当于脱离文盲行列而已。但初中毕业对于我有更多意义，初中时代会使我想起连昌河谷，想起挺拔的沙兰杨，想起眼中已是"大世界"

的杨坡小镇，想起懵懂的少年时光。

　　大姐在乡里又读完了高中，毕业后就到银行的乡镇营业所工作。我从村小到乡里读书时，她又从外乡调回乡里工作，顺带照顾我，从而让我有了一个比较平稳的中学时光。至今，我还记得村小里小学老师对我的评价：这孩子就是大学生的料。中学校长甚至说：这孩子就是北大清华的料。尽管高考时语文考试晕场导致北大梦碎，我也未放弃对自身的约束、放弃做人的基本准则。

　　我不知道从什么时候开始，大家重视起出身、背景的，于我，生于乡村，读书于乡村，并没什么不好，没有繁华世界的诱惑和纷扰，反倒让少年时期的我更多了几分单纯，更能心无旁骛地读书学习。

　　所以，多学习、多修炼，认真做事、真诚做人，才是生活的真谛。我和姐姐曾经就读的初中，叫杨坡乡中，寂寂无名，但于我们的生活来说，又有什么影响呢？

——录于2020年12月2日夜

电影卡

晚归。冲洗完卧到床上，刚看完葛优、冯巩、周冬雨等人拍的"八项规定八周年"公益广告，小电影讲了一个大故事。刚巧这两天正想写电影卡券，咱就说说看电影的事儿。

虽然不记得了，但非常绝对地可以肯定，我最早看到的那场电影肯定是场露天电影。及至记事，看到的电影还是露天的，一般是大队（相当于现在的村委吧）组织放的，中间有时会有村干部讲话，我当然也没能记住那些人的名字。除此，就是三里五村哪家有喜事大事了，可能花钱请人来放电影。当时感兴趣并至今记得名字的是《天下第一剑》《八卦莲花掌》之类的武打片，比较不想看的是《卷席筒》之类曲剧电影（现今倒是喜欢看了）。小时候从没想过，电影是可以在那个叫电影院的屋子内风雨无阻地看的。

我在县城读中学时可以在影院看电影了，但那时候貌似电影市场并不景气，在家看电视可比去影院花钱看电影舒服，另外，周围也没有什么看电影的风尚和习惯。学习也忙，去影院看也是学校组织去看主旋律电影。

大学时自由了，最初时看校园内的露天电影，后来更多是去校园周边的录像厅看电影。那时候，没有智能手机，没有太多文化娱乐活动，也就看个录像了，校园周边诸多录像厅生意火得不

得了，奥斯卡、港台片，经典的、新出的，都会放。

在洛阳工作的十余年间，并不怎么去看电影。真正把看电影当作日常生活的一部分，是在来深圳后，那基本上也是中国电影逐步井喷的时期。因为空闲时间多，在梅林时住处又无电视，去看电影就成了种生活消遣。

小区边上有个很小的社区电影院，非常方便，专门办了一张雅图社区电影院卡，看一次好像20元左右，3D的会贵10元。这家社区影院早先貌似生意还可以，有些热门电影上映时，去了还不一定能买到票。几年间在这儿看了不少电影，像《小时代》《智取威虎山》《归来》等。它的设备挺落后的，看3D需要我在近视镜前面再加个大3D眼镜，很难受。后来去看得少了，这个影院不知什么时候悄悄消失了，但确定不是被我看垮的。

电影偶尔还是要去看的，工会每年还发些如我今天推出的"看购"卡之类的福利电影卡券，可以到影城去消费。现今影片实在是多，几乎每天都有新片上映，质量参差不齐，只能选有名气的去看了。今年电影院关了几个月，重开后，去看得也不多，目前仅《八佰》《夺冠》两部。

开始我是喜欢存电影票根的，可这玩意儿跟有些高铁车票一样，没多久就字迹褪色变成一小张白纸片，没了记忆功能，只能扔掉。那些看过的电影，不知道是因为我记性太差，还是因为电影内容太平淡，能记住的好少。

——录于2020年12月4日夜

小肥羊

近几天深圳气温挺低的，现在这会儿晚10点多，可能十五摄氏度吧。天一冷，总想着吃火锅暖和暖和。收存夹里有张小肥羊50元优惠券，上面锅底、羊肉看着挺暖心诱人。这会儿猫在被窝里，吃不到，回味下也好。

小肥羊曾经是火锅界的明星。2005年前后吧，我还在洛阳，小肥羊突然冒了出来。记得九都路与王城路交叉口西侧有一家店，火得不得了，热气腾腾、香味缭绕，人头挨挤，去了还要等位子，这种吃饭景象在彼时的洛阳并不多见。

说起来，小肥羊是蛮好吃的，记得锅底里很多的蒜瓣，羊肉味（就是那种羊膻味）很重，说明是真羊肉。汤味儿也好，至今觉得都挺鲜。价格貌似不便宜，以我当时的收入水平，吃小肥羊算是偏高的消费了。

后来莫名的，小肥羊就渐渐不流行了，似乎不少店铺也关了，很少听人提及。后来在洛阳吃火锅，与朋友们常去的是天府火锅、百岁鱼等。

2015年年底什么时候吧，下班了与老杨哥在梅林找吃的，很惊奇居然还有个小肥羊。深圳也有小肥羊啊！进去吃了一锅，味道还不错，价格依然贵，食客不多，店内有点清冷，一点没有火锅店该有的热气腾腾的气势。这好像成了目前为止我最后一次吃小肥羊。

草草看过关于小肥羊火锅走红与衰落的报道，内容不记得了。只是奇怪，一个餐饮品牌的没落，居然不是因为它不好吃，而是因为资本、运营等因素，功夫在锅外。

说句实话，小肥羊的那种辣椒鲜鲜的味道，我这会儿心里都挺怀念，口生涎水了。

——录于2020年12月5日晚

老友聚

那几年，父亲母亲都健在，春节回家总是幸福的，朋友聚会也多。2014年1月24日（农历腊月二十四），我乘高铁回洛，车票是托朋友搞到的。与深圳的花红树绿不同，家乡的冬天萧瑟干冷，经常出现重度雾霾天气，不过这丝毫不影响我的心情。

从宜阳县城去洛阳玩了两天。1月27日晚，住在芳林路家里。次日早上录了一则QQ说说：前年春夜，洛阳宅。吾熟睡，毛贼入室行窃。失财不多，唯心留阴悸。昨独宿此舍，惧。匿碎钱，藏手机之属。夜半亮灯，有意哼叫，亦喃声自语，意壮胆。现天朗白，思昨夜之稽，叹贼人之可怕，曰一朝贼偷，十年心绳。

28日洛阳雾霾减轻，阳光稍强，天依稀蓝，云略微白。我也已找回洛阳城中人的感觉，快过节了，街上车堵人乱，我自气定神闲。城市当时还几无变化，街道、楼房、冬树都老样子，连行人都似曾识。城小，在家门口街上，与三四故同事偶遇。晚饭后去逛老城，自丽景门钟楼入，沿西大街东大街至鼓楼，折返至十字街口，观兴华街红灯高挂，吃20元白家围汤涮牛肚。招牌上言系"舌尖上的洛阳"上榜品牌，但卫生状况一般。夜市烟火，不谈净洁，只馋风味。

29日中午和许哥、付姐、祁美女等几位老友小聚，有调侃、伤怀，也有期望、许诺。酒半酣，唱着《我们好像在哪见过》分手。

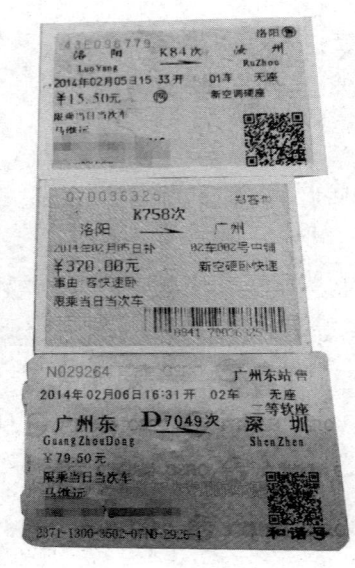

晚上回宜阳，和两位高三时的小伙伴东亮、恒山聚会，谈笑风生至口干舌燥，无所不侃至八卦九流。1995年毕业至今已近十九载，我们在各自的路上奔自己的生活，追自己的远方，从没忘记关注彼此。现在，当青春用来致敬时，两位小伙伴家庭事业都有所成，为其自豪骄傲，也惭愧于自己的碌碌。归来只能安慰自己：岁月静好，各求心安！

2月2日大年初三，陪父母回了一趟乡下老家，走了一遍亲戚。父母是把乡情看得很重的人，特别是母亲，逢年过节，总要回去走动下，是呀，对于一名识字不多的家庭妇女，外面认人不多，只有回乡见到熟人、亲戚，才能找到点归属感吧。此刻想到去年6月过世的母亲，又有点泪奔、心痛。

2月5日起程回深圳，天降大雪。大姐和姐夫开车送我去洛阳站，路上还停车拍了几张照。节后回深的票不好买，托何盼同学的关系，先搞了张票把我送上火车，在车上找到他的熟人，补了张洛阳到广州的卧铺票，才算放下心来。

这趟车洛阳到武汉段的行走线路，是我读大学时走得最多的线路：出龙门，下南阳，过襄樊，经随州，至武汉。近二十年后，重走在这条铁路线上，物非，人亦非，颇有感触。曾经的青春路，人生的一段过往，现在的一段行程，现今列车的终点，更在南方的南方。

次日下午到了广州，乘地铁到广州东，坐动车回到了温暖的深圳。在春运高峰期，能平稳顺利返回，着实幸甚！

这一年春节假期后，洛阳的房子租出去了，我再回去就待在县城，很少去洛阳。之后几年，洛阳的城市建设开始狂奔，回家路过时，觉得陌生起来。渐渐，熟悉的故乡洛阳城终是变成了他乡。

——录于2020年12月6日晚

中英街

前面有提到，2014年1月18日我办了张进中英街的边防证，到里面遛了一圈，留下了这份中英街历史博物馆宣传折页。

去中英街，其实是为圆一个梦。小时候听人侃大山，说是在这条街，抬抬脚就能从中国到"英国"，当时不懂历史，自然觉得不可思议。如今到了深圳，一定要去逛逛。

是一条很小的街，除了古榕、老井、界碑，看上去并没有想象中那么神奇，当年中、英两国巡逻士兵对峙的场景，只能通过博物馆的照片去想象了。从1899年3月18日沙头角被分割，到

20世纪30年代界碑两侧形成小街雏形,再到1997年香港回归,这条街又确实经历了百年沧桑,演绎了国家从屈辱到强盛的发展史。3月18日,也成为中英街警示日,街上设有大大的一口警示钟。

"一国两制"具体到这道街,就是"一街两制"。据说香港一侧商店的商品是免税的。香港一侧店铺比之内地一侧,彼时明显低矮破旧许多。

我花了100元,在香港那边店里买了块手表,看着不错。回来用了几天,表就不走了,晃动几下,再走一会儿又停了。没办法,弃之不用。

在深圳待久了,知道中英街上当年有不少假货。那块表后来也被当垃圾扔掉了。

——录于2020年12月7日晚

地铁卡

　　有时候挺感谢那些大型服务类企业的，每年会推出一些生肖纪念卡票，让我们平淡的生活多了一抹亮色，也让我们的十二生肖文化更加贴近百姓的日常。

　　因为姓马，我非常喜欢深圳地铁推出的这张2014甲午马年纪念票。这张卡印象中是小山峰顺手给我的，凭票可免费乘坐地铁十次，不过我似乎并没有去使用。对我，这张卡的审美价值要大于其实用价值，此卡发行量可能不会少，那也没关系呀，咱又不图它稀缺升值。

　　今早深圳地铁5号线出了故障，新闻里说因此波及各条地铁线路，大量人员拥堵滞留在车站内外，有人的鞋子都给挤掉了，不少人因此上班迟到，唉，打工族真心不容易！

可谁又对地铁恨得起来？在深圳这样的大城市，地铁没人能离得开。纵然地铁经常十分拥挤，偶尔还出个故障，可人家通常跑得都十分勤勉，最关键的是从来不堵车，出行时间整体可控。

今年10月底搬到观澜居住后，我开始每天乘地铁上班，加上进站出站前后的行程，差不多一个小时。时间有点长，可只要上了地铁，我一点不觉得着急，玩会儿手机，发个呆，观望下同车的人，十多站就过去了。咱又不是大佬，给咱一个小时，也多赚不出什么钱，索性就把这一小时花在去上班赚钱的路上吧。

喜欢地铁出行，喜欢这张地铁生肖票。深圳地铁发行的这种生肖票，后来就没见过了。如果能凑齐十二生肖，那敢情太好了！

——录于2020年12月7日晚

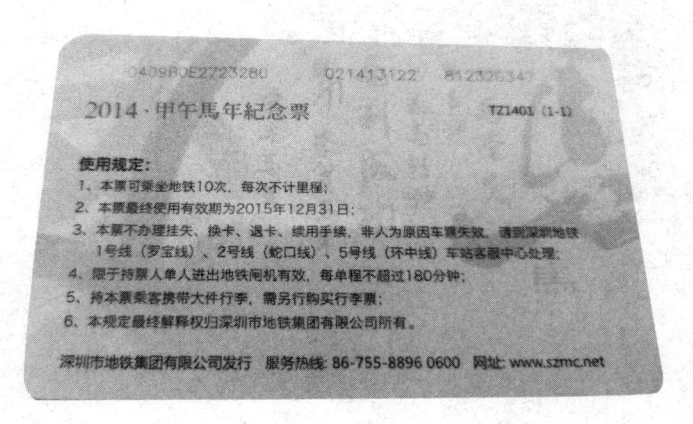

城市双年展

　　我前些年是很能闲逛的。这些是2014年3月8日去蛇口工业区看2013深港城市/建筑双年展的留存，展览好像是延期继续举行的，游人稀少。展览主题是"城市边缘"，分A、B两个大展区。A区叫价值工厂，设在原广东浮法玻璃厂，利用旧厂房搞出许多花样，农场、咖啡馆、游乐场等。B区叫文献仓库，设在蛇口码头旧仓库，许多的图片、纸片、视听音像，组成很多奇怪的大大小小展厅。

这些展览，在我看来都挺"装"的，不过所谓艺术，可能都有这么点"装"的味道在里面，太直白易懂，那就是现实了。不过对这些或奇异、或夸张的展览，我仍保有很大兴趣，看完了两个展区，还挺累的。

当时想的是，这些破旧的厂房、仓库收拾一下，装饰以艺术，就会呈现完全不同的味道。现在再翻看当时的照片、留存的资料，所想的是，那些用来布展的旧报纸旧卡片曾经也挺普通的，我的这些种种票根留存，不定哪天也会被冠上艺术的帽子呢。

——录于2020年12月8日晚

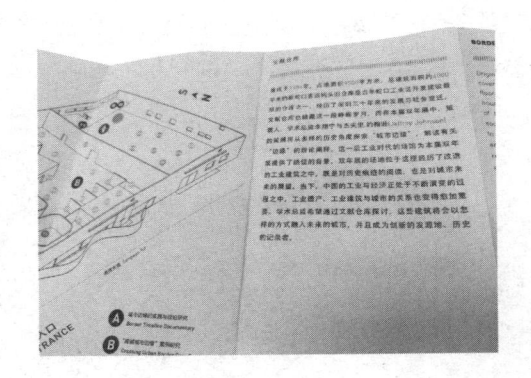

征文

今天上午收到参加"我与特区40年——广东省庆祝经济特区建立40周年全媒体征集活动"的获奖证书,1000元奖金倒还没收到。

前阵子知道了结果,所以今天没有特别高兴,还疑惑省委宣传部主办的活动,证书上怎么没有其公章,单单一个报社公章,分量明显少了几成。不过没关系,如我在朋友圈、QQ说说里所言:反正2020年这个深圳经济特区40周年大庆,咱也参与了是吧?这个证书最主要的意义,我觉得就在于此。

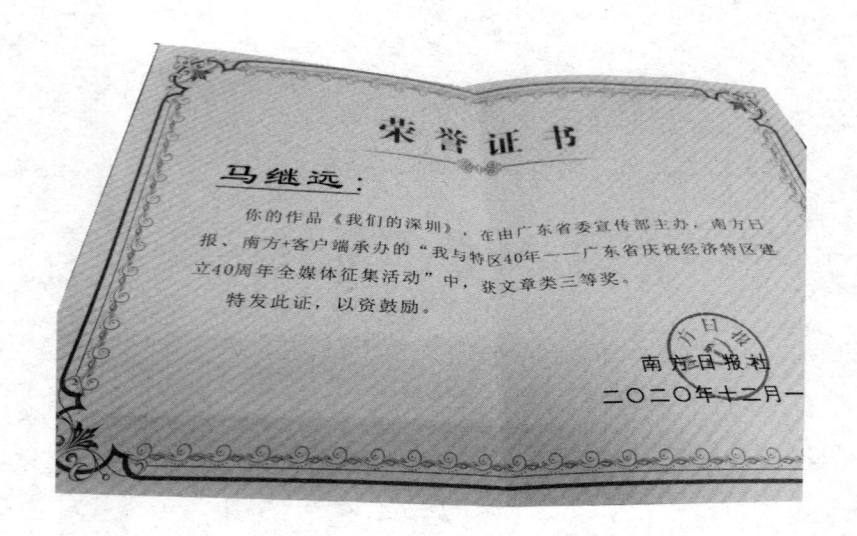

《票根记》原来是没打算录入此类获奖证书的，因为怕人说咱显摆。另外证书数量虽不少，我却觉得没多少可说的东西。不过作为一种收存类型，今天又恰逢此证书快递到手，就借机扯上几句。

　　不用回避，我平时确实挺喜欢参加一些征文大赛。这与追名无关。逐利呢，有点。一篇小文如果能得个奖，挣个千儿八百，一顿酒菜钱就省了，何乐不为？

　　2010年开始利用业余时间敲字写文自娱自乐以来，参加过一些征文活动，运气不错，拿到过几个奖。一等奖拿到得很少，多是二三等奖及优秀奖，无论什么奖都高兴，至少说明有人认可咱写的小文哪。拿不到头名，说明人外有人，咱的文字与人家有差距。也可自我安慰，说"文无第一"，不见得他们就比咱写得好，要自信。呵，这些都是玩笑。

　　工作之外，能拿到一些官方、半官方举办的征文活动中的奖项，心理上也是个补偿。这些奖项，一般会有一张纸，奖金千百元，虽不贵重，却是自己的文字实打实换来的，无须乞求，无须玩合纵连横，得得理直气壮、光明磊落。

　　失之东隅，收之桑榆。另外也真的是把自己的小名与深圳经济特区成立40周年这么重大的活动搭了点边，多年后也有了点回忆的资本，开心！

——录于2020年12月8日晚

天后宫

晚归，凌晨，继续。

2014年3月8日下午，看完深港城市/建筑双年展后，去逛了天后宫、左炮台、宋少帝陵。从现实到古迹，跨度有点大。

天后宫有点出乎意料，在深圳，居然还有这样的古建筑。想想也没什么稀奇，靠山吃山，靠海吃海，内陆人仰仗土地神护佑，沿海百姓仰仗天后（妈祖）护佑，也是同样道理。

更吃惊深圳这地方，还有一座宋少帝陵。陆秀夫负帝投海，

这所谓宋少帝陵，必定是穿凿附会的假陵，甚至连衣冠冢都未必够得上。赵昺一个七岁幼儿，懂得多少家仇国恨？历史，果然是一个任人打扮的小姑娘。

记得在宋少帝陵见到一女子烧纸、跪拜、默祷，我有点呆，不知道这无从辨别真假的帝陵，究竟能带给她什么样的福佑或期许。

一个智化未开的幼儿，在完全无意识情况下，被编入历史，化作传奇，有点非正常，哪怕只是作为道具。这究竟是历史的真实，还是历史的荒谬！

——录于2020年12月9日晚

大鹏所城

深圳现在已非常有名气，四十年时间发展成为与北上广并列的一线城市，相当厉害。不过很多人不知道深圳又称"鹏城"。刚来深圳时我在空间里发了句"鹏城万里路，脚踏实地走"，有朋友就以为我写错了，说"鹏城"应为"鹏程"。

作为"鹏城"一称渊源的"大鹏所城"，位居大鹏半岛南端，是明朝时修建的海防要塞，全称为"大鹏守御千户所城"，不是很大，但保护得不错，南城门、城墙、石板小街、老房子、古榕树，都挺有味儿。

我去过两三次，这两张大鹏所城门票，图像不太一样，票价都是20元，具体哪张先哪张后就分不清了，只好按上面序号的大小分了先后。

一张门票是2014年4月13日去玩时买的。当时与小生子周末一块儿去大鹏玩，还去逛了东山寺，爬了寺后面的小山。南方的4月已比较晒，我是特不经晒的人，很快就变黑了。同去的小生子是个比较矫情的小年轻，得意地自夸是"不怕晒、晒不黑"。那几年除了表妹，关系比较好的就数这小子，后来这小子为了生计去了其他单位，彼此见的聊的就少了。

另一张是2015年5月22日去逛时留下的。当时在大鹏所城附近拓展培训，我溜出来闲逛。5月下旬的鹏城已是雨季，不时下雨，天阴阴的时候逛古城，比较惬意，青石板街走上去更有韵味儿。记得比较深的是北门广场处一株开得火红的凤凰树下，雨水打落出一片落红。

此时，只记花开，也记流年。

——录于2020年12月10日晚

体检报告

随着年岁增长，身体积累下来的，除了经历，还可能是疾病。

不经意发现，手头已累积了九份《健康体检报告》。

最早一份，是2012年8月我在洛阳某医院做体检的报告，没什么装帧设计，就是A4白纸打印，订两个订书针。这份报告是我到深圳工作前，按要求做的入职体检报告。

后面几份报告，是在深圳这边每年体检后体检中心输出的。每年都在同一家体检中心做检查，报告样式差别不大，A4纸大小，装帧比较精致，封皮浅蓝色，封面空出个小方框形"窗户"，露出里页姓名、编号等个人信息。

写到这里，我突然意识到，在老家工作十多年，我好像并没有做过什么体检。这可能也算是当年内地和深圳两个单位的小差别！

每年报告中都有三五条负面健康信息，所幸，没有什么特别严重的病症。视力差是固定的，其他诸如牙石、空腹血糖偏高等，都是偶然在某年报告中出现。

对于每年报告里提出的健康指导建议，我似乎并没认真对待

过。唯一按要求做的，是针对"有牙石"的问题，去牙科诊所洗过牙齿。其他如"甲状腺结节"问题，并没去复查，后来，某些症状在报告中也没被提及，可能是消失了。

比较遗憾的是，对比手头几份报告，很容易发现每年列入的不良症状在变多，医生建议在增加。这两年，甚至出现了"超体重""骨质减少"等提醒。看后，心里一惊，感叹：年龄增加了，身体机能和健康状况也在变差。

没有别的办法，还是要注重自律，控制饮食，加强日常锻炼。这一份份体检报告，算是一个警醒、一个鞭策！

朋友们讨论过，体检到底能否查出身体健康问题？那么多体检人员，流水一样经过医生的检查、机器的扫描，能准确无误吗？报告前面的"医学申明"写着：任何一次（一种）医学检查都没有百分之百的敏感性和特异性，即仍然存在假阳性和假阴性情况……

可又有什么办法？为了健康，我们只能尽可能信赖医生和医疗技术，相信通过检查能够发现身体健康出现的不良苗头。

母亲去年突然离世，也与她没能每年进行一次健康体检有关。如果做了体检，一些问题可能早被发现，进而得到及时处理，不至于积成大病。对于这点，我不时自责。家人曾说过要安排她去体检，但一直没成行。老人健康方面的事，真是拖不得，疏忽不得。拖延了，疏忽了，就是终生遗憾。

现在的我，大概觉得自己还算年轻，还不算太老，对于个人体检真的没有特别重视，反倒是特别享受体检那半天的悠闲时光。

有几个年头，体检时可以在体检中心住上一晚。那里环境不错，树木葱茏，绿道幽深，适合散步闲聊。饭堂的酸辣粉，我觉得也说不上多好吃，有些同事却觉得是道美味，每年过去都要吃上一碗。看来人的味觉差异也挺大。

体检过程中也有不少笑话和乐趣。比较逗的是在男外科，一位老医生在里面，某年体检时小王从检查室出来，装腔作势，夸张地扶着墙走路。这一幕成了当年同事们经常提及的笑料。

深圳这边人员流动大，同事也走走散散。过去一块入住体检中心、玩笑嬉乐的同事，不少都换地方工作了。不知道他们在新的地方，体检发生了什么新的笑料？

唯愿大家都健康喜乐！

——录于2020年12月11日晚

西藏

2012年，我从洛阳乘火车去过一次西藏，当时随团，玩得并不尽兴，从西藏回洛阳后写了十个小文，算是收获。到深圳工作后，眼界打开了，更喜欢一个人出去遛遛。

2014年8月2日（七夕节），我从深圳乘飞机去西藏，上午11点20分从宝安机场起飞，13点50分到成都转机，15点50分起飞，17点55分到贡嘎机场，又转机场大巴到拉萨市区。算起来，仅六个多小时，我从南海之滨到了雪域高原。2012年去时坐的火车，慢悠悠进了西藏。这次是空降，感觉挺神奇，特别是飞机在拉萨贡嘎机场降落时，波动有点大，心里还有那么点慌。

晚6点多的拉萨时间其实还早。乘大巴到市区后，我先拉着行李箱在布达拉宫广场逛了会儿。空气清凉，广场空旷，尽管天上有些阴云，布达拉宫依然高大而明净。站在广场上，面对布达拉宫，心境油然舒畅。广场上游人不多，一女生身着婚纱在拍照，看她幸福得手中的捧花都在歌唱。

预订的客栈在仙足岛。到了后，发现就是一普通城郊村落，居民拿房舍开家庭旅馆。安顿好后，去外面闲逛，经一小桥，桥下是拉萨河的一股水汊，水流挺急的。买了100多元的西藏明信片，点了个小菜，吃了拉面，习惯性地喝了瓶啤酒。

晚上，店家提醒刚到高原不要洗澡，我还是洗了。有点累，头有点嗡嗡响。从海边到高原，一下升高了三四千米，还是太急促了，可能是传说中的"高反"吧！还好并无大碍。

——录于2020年12月13日晚

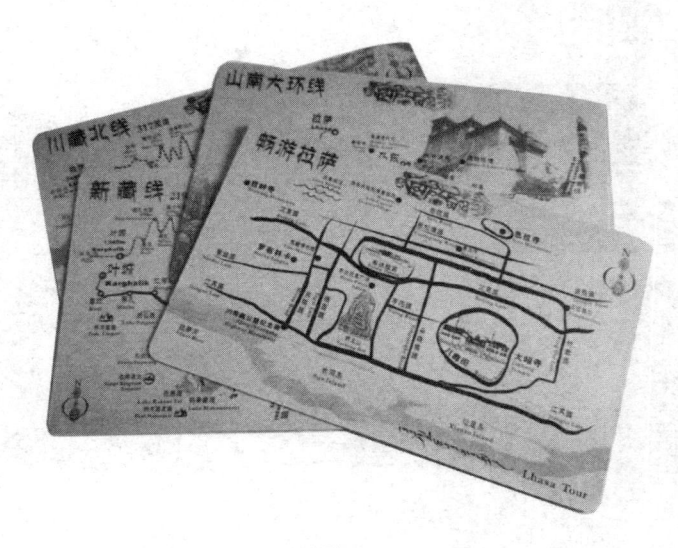

拉萨

到拉萨的第二天,我就离开仙足岛的家庭旅社,搬到市区东边一家青年客栈。那几年出去,订票订酒店,习惯用"同程网",在上面找客店挺方便的。

这家客栈也很普通,只能说相对好点,反正便宜,咱也不是有钱人,环境差不多就行。进到客房,发现真不愧是青年客栈,墙上很多涂鸦、小贴纸。

当时拍了墙上一个比较有趣的手写结婚证,男女双方是小马哥和猪猪,证号520520520,右侧写有"婚后财产全部归女方所有,家庭劳动全部归男方所有"。看后笑得肚子痛,因为我姓马,也

常被人称为"小马哥"。看落款日期,这个手绘结婚证是在我来前四个月涂画上去的,字迹还比较鲜。

出行游玩的目的,即在于见些有趣的人和事。上次来西藏未去的那些著名古迹,在拉萨的这两天去看了些,像小昭寺、色拉寺、哲蚌寺、罗布林卡等。我只是个游客,对藏传佛教知识几无了解,更不会烧香许愿,去这些景点,面对众多塑像,也是凑热闹居多。看到寺庙里酣睡的猫、狗,还有绽放的花,我也拍了不少照片。

我更喜欢在八廓街周边闲逛,看寺院门口虔诚磕长头的信徒,看街上转经的人。在玛吉阿米店前,想象下仓央嘉措的情话。在拉萨老城,因为发现清政府驻藏大臣衙门等古迹而惊喜。累了,

坐在大昭寺后的普林宁店，喝杯下午茶。逛得不舍，次日晚上再去，尝一杯藏式酸奶，当时9点20分，拉萨夜未黑。

在高原古城，在藏传佛教圣地，就这样一个人漫无目的地走走转转，感受市井烟火，感受信仰与世俗的融合共生。

——录于2020年12月13日晚

日喀则

二次入藏,主要是想去日喀则。对这座边陲小城,很久以来,都有种莫名好感,说不出原因。大学时听到韩红唱的《家乡》,"我的家乡在日喀则,那里有条美丽的河……"非常喜欢。好朋友天好毕业后援藏,去日喀则涅如边防所待过几年。但这些都不是有好感的原因,对日喀则,就是从知道它就开始喜欢。

早来二十多天,拉日铁路8月底才会开通。买了一张大巴车票,去日喀则。沿雅鲁藏布江河谷西行,路况并不是很好,可能因为滑坡什么的,堵了几次车。车停时,就下车方便,看路边狭窄河谷里湍急的雅鲁藏布江,扔个石头到江里,想探探江水深浅,却是连个响声都听不到。

旁边坐着位藏族男子,着藏服,头上系着的红绳(可能叫"英雄结"),像电影《红河谷》中邵兵演的藏族小伙头上缠的那样。他不会讲汉语,我们聊了几句,不知道他听明白没,我是没有。他很是友好,彼此讲话听不懂,就微笑,看我吃山楂片,要了几片尝了,还要分享他自己的零食。行车七小时,到站下车后,他还向我说了几句话,应该是示意道别吧。

日喀则在年楚河畔,地图上看离不丹的廷布、尼泊尔加德满都很近了。这一片感觉地势比较平坦开阔,有雄浑高远之感。城不大,街上人影稀疏,物价不菲,一份夫妻肺片五六十元,桃子、

香蕉8元一斤。

　　日喀则是传统的后藏地区了，班禅四世及以后历世班禅的驻锡地扎什伦布寺位于此，扎什伦布寺是格鲁派六大寺之一，四世到十世班禅灵塔供奉地。次日去转了，发了个朋友圈，记得同事小韦哥留言问：马哥你怎么老去逛寺庙！

　　桑珠孜宗堡，当地人称"小布达拉宫"，我爬山绕它转了个圈，太阳有点毒辣，我只好撑个雨伞，有阵子还有点晕，不知道是热的、累的，还是高原反应。去德庆格桑颇章，还未靠近就被警卫提醒，彼时十一世班禅在内，不对外开放。

　　在住宿的旅馆遇见几个小年轻，相约去看珠峰。到边防支队，办好赴珠峰大本营的边防证。与偶然相遇的年轻背包客，临时组起了个珠峰团。奇妙的旅行！

——录于2020年12月15日晚

去珠峰

拿到边防证以后，我们几个在日喀则入住客栈时相遇的旅客，决定组团去看珠峰。

早8点从日喀则出发去往定日县，路况似乎不太好，一路颠簸，走了许久。路上当然有不错的风景，但我已忘了。大约下午一两点才走到定日县城附近的白坝，去珠峰的人都在此处下车。我们在一家川菜馆拼桌吃饭。店里有不少藏族人来招揽客人，说可包车去珠峰。车大、座多，要凑够八九人吧，我们就在那儿等。

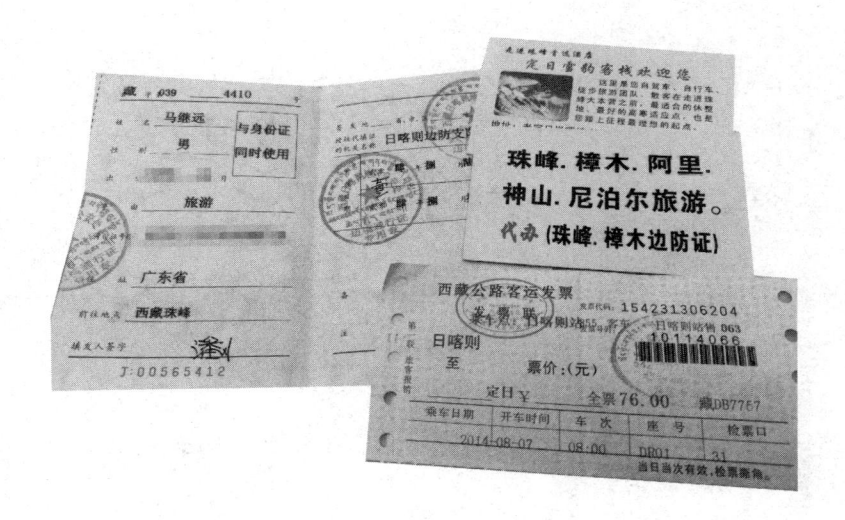

桂爷这时候出现了。那两三天组队游,我们熟悉了点,便相互调侃,他叫我马爷,我称他桂爷。当时他一人背包独行,嘴唇开裂,脸上被晒得一块一块脱皮,说是刚去冈仁波齐转山过来。我们凑够了人数,终于可以出发。我和桂爷年纪相差不多,属这些人里岁数比较大的,另几个小男生小女生都很小,有的还在高校读书。

开车的藏族小伙说去珠峰大本营要绕路,没听清楚原因。车很快就在旷野颠晃,是条野路,路上都是沙石,没有见到别的车。我想着这儿已是西藏的偏远地带,没有正儿八经的公路也正常。

在行车的过程中,我才真正见识到了西藏的阔大无边。下午五六点的太阳依然大大的,云团很多很低,远山光秃,路旁尽是沙石,土地上零星点缀着荒草,望去带些绿意,也见到少许滩涂、水团。还有几片齐膝高的荒草地,想必是草原了。

晚9点多了,天渐渐黑了。汽车仍然在暗夜中不着边际地跑着,手机信号消失了。车里很闷,我又困又乏,有点不高兴甚至担心起来:我们在哪儿,这小伙要把我们带到哪儿?问他到珠峰大本营还要多久,他也不作声,我隐隐有点发怒。

桂爷说还是停车让大家透透气,方便一下。外面凉飕飕的,一片漆黑寂静,月亮时有时无,月亮出来时,仍然什么也看不清,不知身在何处。不过呼吸点新鲜空气,感觉好多了。上车又是几小时颠簸,差不多在夜里12点时,我们终于到达了珠峰大本营。

小伙安排我们住宿,一间简陋的帐篷屋,飘着股奶油茶的味儿，里面七八张床位。女店主是小伙的老婆，挺厚道，不大会讲汉语。我们一车人，五六个住这儿，桂爷等两三人还要被送往绒布寺附近去住宿。

我吃了个泡面，到外面站了会儿，冷得牙齿咯咯响，赶紧回帐篷。这地方比较高，头晕，加上困乏至极，我顾不得床铺的简陋，倒头便沉沉睡了过去。

——录于2020年12月16日晚

珠峰大本营

我看到过些对珠峰攀登者的报道，知道登珠峰并非易事。深圳虽地处海滨，登顶珠峰的人好像也有好几个，最有名的就是万科的王石先生。对于我来说，登顶珠峰的可能性基本为零，能站到距离珠峰比较近的大本营仰望一番，已属幸事。没有刻意，我居然是2014年8月8日这天来看珠峰。

早上在帐篷内醒来，外面天还未亮，我出去拍了几张照片，附近居然能看见光秃的沙石山后露出一座尖尖的雪山顶。天冷得很，租了个军大衣，顾不上能否穿出刘德华的效果，保暖要紧。与藏族女店主闲聊，她对我拿的小米手机很感兴趣，提出要买我的手机，我当然拒绝了，说手机里有很多电话号码。

待到天完全亮，在外面走走看看，发现是一条窄窄的山谷，山腰、脚下全是灰色碎石沙粒，帐篷后是条三四米宽的河，水流很急。低矮的帐篷房不少，约莫有二三十顶，一处"珠峰大本营

邮政服务点"，一处"珠峰警务站"，其他的就是旅店、纪念品店。

　　早上8点多，从宿营点沿山路往5200米观景台走。我是过高估计了自己的体能，在如此海拔，行走其实是有难度的，很吃力。总算挪到了观景处，是谷中一处平地，乱石遍地，有不少用几块石头堆成的小玛尼堆，这里居然还有些许野草，在荒漠石滩间是尤为难得。

　　前方山谷尽头就是珠峰所在，开始是灰蒙蒙一片，什么也没有。没人知道今天它是否会露出雄姿，看天空蓝蓝的，我觉得有戏。没多久，云雾渐散，珠峰冰雪覆盖的尖顶就显现了，衬着蓝天白云，蔚为壮观，不时会有云雾飘过。石滩上有一处人为堆起的沙石堆，也不高，算是观珠峰的绝佳平台，游人都站在上边拿着手机狂拍珠峰。太阳出来的时候，我还想着珠峰能否再展现一下"日照金顶"的胜观，云雾却弥漫过去，珠峰就看不见了。

　　这时我感觉不大好，想必脸色也变了，便蹲下休息。有好心人给了我两片西洋参含片，吃下后我缓过劲来，想任性地再往上走走，靠珠峰再近些，喇叭里却传来警告声，提醒不要往上走。

哈，这地方有警戒人员，有一台绿色的方形监控车。

　　返回帐篷旅社时，我不敢再走路了，只好上了摆渡车。到中午12点左右，我们同车上来的九个人，又集合下山回定日。昨夜上来时未看清的路旁景观，也看到了：山，全是山，光秃秃的沙石山。

　　2020年5月27日，2020珠峰高程测量登山队成功登顶珠峰。看到新闻，我极其兴奋，蹭热点在朋友圈发了几张当时去大本营看珠峰的照片，引来不少点赞。

　　我只是远远地仰望了下珠峰，却一眼万年，已足够回忆终生了。

——录于2020年12月16日夜

青年客栈

从珠峰大本营下来,到了定日县城郊,同车的三四个小年轻下车,要继续去聂拉木,然后从樟木口岸出国去尼泊尔游玩。剩下我们五六个人到了大概是昨天上车的地方下车,回日喀则。

我们站在路边,右手拇指向前,希望能打上顺风车。这样子找车乘,对我是首次。并不容易,在路边拦许久,有时还往前走一段再等等机会,有两三个人幸运地打上车先走了。我因为拉着行李箱,不是背个旅行包,不像背包客,好像不大受欢迎。后来终于有车可以提供一个空位,桂爷安排让我先上车回日喀则,说他会想办法拦到车。这个哥们儿,真是个好人。我上车先走后,没多久在微信上得知,他果然拦到了车。当晚大家都顺利返回。

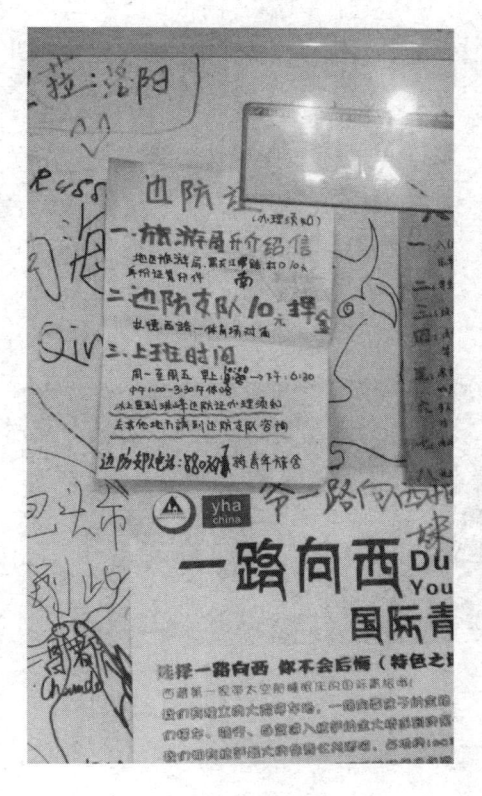

我上的车上，那五六个人好像是一大家子，山西或内蒙古人，年轻的是对小夫妻或男女朋友吧，在车上发生了比较激烈的争执，男的说话很不文明，似乎还动了手。我作为外人，坐在一个车上，尴尬至极。这位开车师傅也极奇怪，车绕来绕去，走些莫名其妙的路，有的路还挺凶险。从下午跑到晚上10点多，谢天谢地，我终于回到日喀则。

找到一家青年旅社入住，高低床，像大学宿舍。天晚了，反正价格又不贵，冒充一下青年，将就一晚就好。

这家旅馆比较特别的是，有些客人在客房、走廊留下了衣服、吉他、装饰、涂鸦，就挂那儿、放那儿、画那儿，店家也不收不

抹，说是没准主人会回来拿呢。涂鸦，说是青年客栈的标配。挺好玩的。

非常逗乐及遗憾的是，次日离开时，我挂在床边的一件卫衣居然忘记装箱带回了，发现后，后悔不已，我可一点没想过要在这家旅馆里留点东西做纪念。想联系店家给寄回，又觉得一件旧衣服，实在没必要折腾，留下就留下吧。

过去六年多了，按那家客栈的规矩，难不成那件卫衣还一直挂在那儿，作为我的日喀则之行的永恒纪念？

——录于2020年12月17日凌晨

江孜

我们从定日返回日喀则的五六个人，又相约一同回拉萨，包了一辆车，开车师傅是个汉族中年人，挺能聊。8月9日上午9点左右，我们从日喀则出发了。那句俗得不能再俗的话，"风景在路上"，恰恰概括了此行返程的感受。

天非常蓝，阳光非常好，这次走的路也比较平坦。我们几人非常放松，一路欢笑。

去往江孜的公路在年楚河谷，路旁绿树小村，看上去极其祥和。江孜是座古城，我们游览了白居寺。白居寺始建于1418年，距今已有六百年历史，寺中最负盛名的是十万佛塔。由于时间较紧，我们并未细致游览，但无意间看到一位从佛塔中走出的红衣喇嘛，看到躺在阳光里晒太阳的小狗，已让我感受到了寺院的安宁、祥和。江孜宗山古堡，像布达拉宫一样建在小山上，易守难

攻。山前有英雄纪念碑，纪念的是1903—1904年江孜人民的抗英斗争，看过以此战为背景的电影《红河谷》，所以对宗山古堡印象较深。

再行，经过满拉水库，水绿得无以言表，像碧琉璃、玉如意，随便一拍就可以拿回去做屏保。

上午11点前后，我们到了卡若拉冰川。冰川就在公路旁，挂在海拔7191米的乃钦康桑雪山上，山脚是裸露的山石，山腰以上是冰层，再往上山顶的冰雪与云雾相连。冰川边缘有白线一样的雪水流下，说明冰层在悄悄融化。开车师傅说当年拍电影时，在这儿炸掉过一大片冰川。还是当年人们的保护观念没跟上，现今，这样的破坏肯定不允许再发生。

在路旁一个小镇吃过午饭，再前行，到了羊卓雍湖。"羊湖"湖面似珊瑚叶一样分散，看上去并不辽阔，很多时候，更像山间一条碧玉般的河。蓝天白云下，湖水澄澈晶莹如宝石，山峦绿意葱葱，间有小块小块黄色油菜花田，倒映在翡翠般的湖水中，美得不可方物。

　　我们到一处游客比较集中的湖边去。和很多景点一样，有骑马、租民族服装拍照等项目。一只白色的狗，牌上说是"雪獒"，很有范地坐在小台上，若与它拍照，收费十元。看湖，最好的感觉还是离湖远点，开车行在湖边盘山公路，从高处往下无意看到的胜景——圣湖，惊鸿！

　　回到拉萨，我入住老城一处家庭客栈。晚上去看了实景剧《文成公主》，挺好，特别是剧中天降大雪时，真有人工造的雪花同时飘在我们观众头上，新奇。结束时"松赞干布"和"文成公主"还走到观众中绕了一圈。

　　散场，打车回客栈，准备次日回家。

——录于2020年12月17日晚

青藏铁路

要从拉萨回洛阳去了。上午10点左右，在客栈与这几天结伴同游的伙伴们拥抱道别，先行离开，去火车站乘车。

选择坐火车走青藏铁路线，是想重温一下沿途风光。天路上的风景，多彩变幻。错那湖，藏北草原上的一曲云水谣。不知其名的雪山、冰川，牧民的近邻，我们永不可及的远方。烟雨窗外，青藏铁路和公路并行于高原。看到天地间一道巨型彩虹，只能用手机拍了彩虹的一段。西天的火烧云，灿烂如花。半夜醒来，已过可可西里，次日凌晨1点43分，火车在格尔木，当时我在QQ发了一则"说说"，记下了火车上沿途所见。

回想这次西藏之行遇见的几个伙伴，素不相识，拼在一块儿游了神山、圣湖，一别之后，再见的可能基本为零。事实也是如此，除了桂爷、小杨在微信上闲聊过几次，其他人没加微信。当时建的微信群"珠峰"，这几年基本死寂。前几天我发了一张桂爷在珠峰拍的照片进去，算是激起了些浪花。有三个小伙子冒泡，扯了几句，说生了几个崽，群里复又安静，可能又得沉睡数年。大家各有来处，萍水相逢后，也便各自归去。

火车在黑夜里奔走，我也累了，昏昏沉沉，醒来时天已亮，过西宁，经兰州，晚上8点多到西安，我提前下车（因为火车不停洛阳，只停西安、郑州），准备从西安坐火车回洛阳。

头次到西安，站前广场上灯火通明，天热，人多，热闹得很。对面是个城门，上面是城楼，一处城垛边还亮着"欢迎来到古都西安"的大字。过到广场对面，进入一条街巷，找个小馆子，吃了汉中凉皮、肉夹馍，算是在西安小停。当晚火车到洛阳站已一两点了，姐姐、姐夫去接我回宜阳县城。

近年"诗和远方"流行，成了人人挂在嘴边的口头禅。西藏算得上远方吧，我此次一个人去过之后，各种外出游玩还有，但再没有玩得如此边远。是年岁增长，青春不再，还是别的因素，说不清。

当时遇见的年轻人小杨，前几天应该是看了我转进"珠峰"

微信群里的照片，有感而发，在朋友圈发了几张他当时的照片。正像他配的文字所言：似乎慢慢忘记了冲动、好奇、激情是什么感觉。

是的，岁月不居，时光催人老。

——录于2020年12月18日晚

书签

上周六晚完成西藏系列八则记录，并到一块儿，纂修一下，不是正儿八经的文章，可看着也挺有意思。发给好朋友梁凌老师，她说"这篇文章充满生趣，很好看"。得到名家肯定，心中小乐，乘机就休息两三天没写《票根记》。反正都是玩的，自娱，不必让自己觉得累。歇够了，今天继续。

去单位附近的城市广场喝星巴克，见城市U站（志愿者服务站）小岗亭前栏架上放了很多红色宣传纸，拿起一张看，是发给志愿服务者的纪念书签。觉得挺别致，果断收存。把书签和城市爱心志愿活动结合，多有创意呀。

我的收存夹里另有两张我比较喜欢的书签。一张是从涂子沛《数文明》一书中得到的，喜欢书签上的话："唯有知识让我们免于平庸。"去岁新机构成立，为在写工作材料时不能太外行，我翻读了几本大数据方面的书，这是其中一本。书签没用上，书看了后有点受益，高深的大数据被《数文明》及另本由广西师范大学出版社出版的《大数据》讲得很生活很现实，看后恍然大悟。

另一张书签是从台湾作家张大春《认得几个字》一书中拿到的，奇怪居然是当当网赠送的"《许倬云说历史：台湾四百年》书签"。许先生写台湾这本放在书柜上没翻。张大春这本先看了半截，今年五六月份翻完了，写的是他如何教子女认字及与子女交流的事，许多冷僻的字词及意义，以育儿趣事浅浅道来，春风化雨。

喜欢这样的书和人，能把复杂的东西讲得简单通俗，有本事！

书签是漂亮，可我基本没有用书签的习惯。现今书报多到令人烦，很容易得到买到，不比小时候那般缺书，自然少了惜书爱书之心。一本书，翻的时候喜欢拿笔胡乱画线标重点。至于折个角，标记翻读至某页，更是寻常，似乎非如此，不足以体现此书被翻过牌。

结论：书签归书签，书归书。

——录于2020年12月22日晚

百公里

如果不是今早在朋友圈看到推文，说2020年第二十届磨房深圳百公里活动，将于今年最后一个周末在光明区举办，我根本没想到，这届三个"20"相遇的百公里活动，延宕至一年将尽时才得以举办。是百公里不重要吗？

2016年3月19—20日，我参加了当年的百公里。那也是百公里最名副其实的一届了，数万人浩浩荡荡，从南山深圳湾，经福田、罗湖、盐田，一直徒步走到大鹏半岛，真正用脚在丈量深圳。

那次百公里，开走没一会儿就遭遇暴雨，不少人选择退出。我选择走了下去，但因经验和准备不足，在鞋子全湿的情况下，

脚掌很快破了。走了一夜，次日中午到达大梅沙签到点，走了约60公里后，我不得已下撤。这张打卡单上，后面"百公里"三个字就没有能加盖上印章。

尽管未能走到终点，这次参加百公里，仍令我引以为豪。每每想起，总会感叹前几年自己还那般青春、有闯劲，有乘风破浪一般的热情。

于深圳这座城市，百公里无异于一场集体狂欢，也已沉淀成为市民的一份共同记忆。无论真户外或伪户外爱好者，不拘老少男女，都可参与进来，走完全程或一段，挑战自我，感受城市。

数万人集体穿行城市东西，带来的交通、环保问题，也让百公里活动饱受争议。活动开展的区域、人数，近几年也发生了变化。今年，活动推文里讲只有三百五十个报名名额。

"二十年，在一起。"今年的活动主题，也蛮契合人心冷暖和世界形势。

　　对于深圳这座城，对于参加过百公里的人，对于如我这般没有想起今年百公里的人，它能够举办，都是叫人感觉温暖的消息。

　　当年百公里，因未走完全程，没能拿到纪念牌，我过后花20元买了一个，就为做个纪念。

　　"感谢二十年，未曾走散/感谢二十年，仍在路上/感谢二十年，我们还在。"这是推文里的话，读来莫名感动。

——录于2020年12月22日晚

大闸蟹

"秋风起,蟹脚痒。"深圳的秋天来得虽迟,秋意也淡,却并不妨碍我对吃大闸蟹的浓厚兴趣。

好友豪哥赠送给我一张阳澄湖大闸蟹提货卡。选个时日,我扫了提货卡背面的二维码下单,八只大闸蟹,四公四母,就从苏州阳澄湖起程,奔赴深圳而来。

我是找了个小店,约了几个好友一块来吃大闸蟹的。因担心受各种意外因素影响,大闸蟹次日无法按时运达,故并未与朋友们完全敲定聚餐时间,只在下单后对朋友们说,根据大闸蟹的到货时间,确定明晚能否聚餐。

我自己不时关注着物流进度。点击电商平台上的"查看物流",大闸蟹每个时间点的流转进程、所处位置,都清晰明了:发货当天上午10点,在苏州阳澄湖大闸蟹集散点;下午1点多,就到了上海虹桥集散中心;当天夜里,到达深圳宝安机场航空站点;第二天中午,大闸蟹就到货了。

我在微信群里向朋友们通报着大闸蟹的行程。收到货后,我告诉几位朋友:大闸蟹已抵达,今晚聚餐正常进行。一位朋友赞叹:老马真是时间管理大师,精准啊!

平时鲜少快递生鲜物品，这次我算是彻底见识了生鲜物流的高效快捷。那可是昨日才从苏州阳澄湖捞出的大闸蟹啊！次日晚上一只只鲜活的大闸蟹就进了蒸锅，然后端上了我们在深圳的餐桌。

按距离，这些大闸蟹行程上千里！

秋日小聚，大闸蟹膏肥肉美，配上一位朋友带来的"古越龙山"黄酒，别有滋味。朋友们聊得开心，吃得舒畅。这等乐趣，得感谢友人赠送大闸蟹，更得感谢现今发达的物流运输！

聚会之后，免不了想起些与螃蟹有关的往事。

小时候，我自然是不知什么"大闸蟹"的，更别提"阳澄湖大闸蟹"了。当时纵然有机会见到大闸蟹，我的反应必定是：哇，螃蟹，好大的螃蟹！

没错，在彼时，我看的肯定只是一只螃蟹，大螃蟹！

家乡缺水，鱼虾蟹贝之类的水产，我小时候鲜少见到，更鲜少吃到。在家乡一道很深的沟谷里——村民叫它"长沟底"，有泉水汇成极浅极细的小溪，还是时断时续的。溪中有并不太多的大小卵石，翻开石头，有时就能抓到螃蟹。

我和小伙伴偶尔会下到沟底，在小溪中抓螃蟹。那既是一种童年玩耍乐趣，也是为解决我们那时候馋馋的嘴巴。

翻了不少石头，能抓到的螃蟹也就二十来只吧。最大的螃蟹，蟹壳有拇指那么长。小的螃蟹呢，大约才拇指盖那么大。

那时还不懂得保护螃蟹幼仔，反正一股脑儿装瓶子里，高高兴兴带回村，去某个小伙伴家里做螃蟹吃。

螃蟹有肉？有膏？这些在当时我们也是不知道的。我们抓的那些可怜的螃蟹，就是细致拆卸开，估计也见不到什么肉和膏。

我们吃的只是螃蟹腿。那些勉强算大的螃蟹，扯下腿来，蟹身便扔掉了。太小的螃蟹，索性就整个炒了。彼时还没学过鲁迅先生的杂文，不知道螃蟹肚里还藏着老法海。

做螃蟹的方法，极其简单。拿个小铁锅——螃蟹太少时，干脆拿个炒菜的小铁勺，放点油，加热冒烟了，蟹腿放进去翻炒两下，撒点盐，就好了。

这样做出来的螃蟹，吃起来又香又咸又脆，是彼时难得的美味。现今回想起来，口中依然生香。

对了，当时这样做螃蟹吃，我们叫"崩螃蟹腿"。

这些记忆，属于童年，也夹杂着彼时贫穷、偏僻、落后的时代印记。

许多年后，我早已从少年变成大叔，吃螃蟹变得容易多了，对于吃螃蟹相关的逸趣知道得也多了。从一些文章里，我知道上海人吃大闸蟹的技术很厉害，可以把蟹钳蟹腿里的肉剔得干干净净。我也知道，吃螃蟹不在吃肉，更在于体会其鲜味……

常有朋友疑惑，我一个河南人，为何一点不排斥海鲜、河鲜，反倒还挺喜欢吃。确实，当一些朋友为吃海鲜或河鲜不习惯甚至过敏时，我都暗自庆幸，还好自身体质都很正常，允许我当一个什么美食都能吃的吃货！

现今，自己买大闸蟹来做也极其方便。小区门口的蔬菜超市，在大闸蟹上市的季节，每天都有鲜活大闸蟹售卖。至于是否真的是阳澄湖大闸蟹，倒没那么重要。买几只回家，放厨房水池里冲洗，顺带拿牙刷逗大闸蟹玩。当大闸蟹双钳夹住牙刷高高举起时，叫人可乐至极。我把这调侃为"遛蟹"。

大闸蟹遛乏了，洗净了，配上姜片上锅一蒸，十几分钟后，就是一盘活色生香的美味！

——录于2021年11月20日晚

稿费单

必须承认，我曾经算是个业余写手。闲暇爱写写鸡毛蒜皮，记录生活琐事，抒发见闻感想。投稿出去，偶然见诸报端，就是一个豆腐块。扬名绝无可能，赚点稿费是有的，但更无可能寄希望于稿费来发财致富。一切只是个习惯和爱好而已，记录生活，记录人生。

有阵子我特别勤奋，特别是在洛阳工作生活的最后两三年，写得比较勤比较多。认识了几位文友，大家在一块儿交流心得经验。这实在太正常了，在中国，什么领域没有圈子？有文友介绍了个投稿软件，很厉害，轻松一点，一个小文章可投很多地方。

发表得多了，收到稿费单也多，单笔稿费却实在有点寒碜。据说很多报纸的稿酬标准，数十年都未变过。一稿多发，稿费加起来，收成倒还不错。在老家时，听说同城有几位顶级写手，一个月能赚万把元，很了不得的收入。我属于比较笨的写手，一篇小文，大概能赚点酒菜钱就已很不错了。

当时已有报刊要求投稿人提供银行账号，把稿费直接汇款给作者。更多的还是通过邮政寄稿费，收到这种浅绿或浅蓝的稿费单，我当时会累积十张八张，去邮储银行统一取款，三五百，在洛阳的消费水平，也很知足，够请吃顿饭了。

这张单子是2015年年底在深圳收到的，钱少到不好意思专门去领，索性就作为纪念存下来。当稿费更多使用银行直接汇款时，纸质稿费单真的会越来越稀少了。

更重要的是，报纸副刊真的已经式微了。受网络与新媒体的冲击，纸媒生存艰难，大都在压缩版面，无关紧要不痛不痒的副刊首当其冲。写手赖以生存的副刊，明显少了，甚至消失了。有时想想，我那些年赶上的，可能就是副刊最后的辉煌。

相较于自媒体文章的灵动鲜活、条顺盘靓，许多报纸副刊文章着实老套乏味。我一位朋友每天在公众号上推送的各种文章，我都觉得老气横秋。我为此思考过，散文随笔杂文这些文体及其语言，似乎应当吸收一些自媒体文字灵活、新潮的特色。

现今我仍然喜欢浏览某几个报纸的副刊，上面有形式好质量高表达舒服内容新颖的小豆腐块,读后还是会觉得有收获。副刊、豆腐块是不流行了,报纸作为有公信力的大众传媒,报上的副刊,依然可以代表一座城市的眼睛和灵魂。

——录于2021年8月15日

站台票

周末在朋友圈发了句感慨：一晃奔五的人了。招来几位大学同班女生的调侃"全班最小的人闭嘴""不要告诉别人我们跟他一个班的"。哈，女神不会老。但我们确实毕业二十二年了。

大学毕业时，没有微信，QQ有没有不知道，但我确定当时没听过。互联网上的这些东西，离我们的生活依然有点遥远。大学我考计算机等级，考的还是Foxbase。作为文科生，从没想象过互联网会如此深刻地影响人类，同样也想不出大学毕业后我们会怎么样，还会不会再相见。

江城武汉的6月，潮湿闷热，空气黏糊糊的。离别行动很早就开始了，聚餐、拍照、醉酒、唱K，暗恋的人抓紧最后时刻表白。这是那个年代流行和所能使用的全部方式。

再过半年，就进入新世纪了。世纪末的茫然，提前半年在毕业季上演。我们不知道以后居然有高铁把城市连接得像地铁站点，不知道以后有微信群让大家天涯共聊天。我们本以为，大家就是一滴水，分别之后，融入人海，就很难找到了。特别是，当年就业形势已经开始严峻，很多人都还不知道自己会去哪儿。

闷热的午夜，不知是哪栋宿舍楼响起了孤狼式的号叫还有咣咣当当的敲击饭缸声，瓶子摔下楼的炸裂声。白天，我去跳蚤市场交易那些以为再也用不到了的四六级词典、托福词典、专业书籍，以减轻离校时的行囊。那时，除了邮政，还没听说过顺丰、"四通一达"，更不知快递是什么。

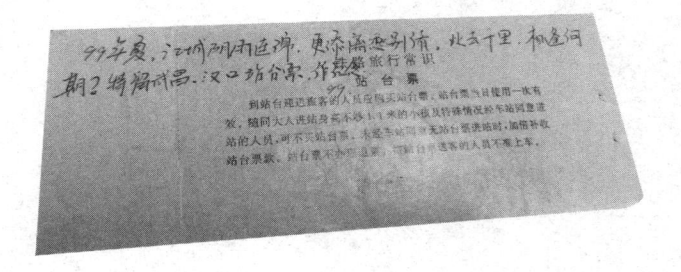

后离校的送先离校的，武汉本地的同学最后离开，尽地主之谊。大家喝了一场场离别酒，一次次去往武昌火车站、汉口火车站（少有同学乘飞机离开），一次次拥抱送别，唱响《一路顺风》。

这两张站台票，一张1999年6月28日武昌站的，另一张是1999年6月汉口站的，上面未显示具体日期。那时候，买张站台票，还可以进到火车站站台去送人。我后来还在一张票后涂鸦写了几句话。具体我们送谁，还是谁送我，倒记不清了。

如果知道一二十年后，大家能如此天涯咫尺，知道经过在社会上的努力大家都能身有所安，毕业时的离别和茫然，应该能减轻几许。

我问我们家上个月刚大学毕业的小美彤，同学们关系如何，有无送别，五年后会否聚会。她说：比较难，分过班，同学都不大认得。

——录于2021年8月15日

准考证

刚刚在小区门口送外甥女小美彤去宝安机场。她大学毕业来深圳某证券公司实习了三个月,前天实习结束,今天回洛阳。

家里的小朋友们长得多快呀!一眨眼,都长大了。

我的收藏夹里存有一些准考证,大都是我自己的。我们是一路考过来的,准考证可以说是人生各个阶段最好的印记。

这张准考证是外甥女小美彤的。2011年6月,她小学快毕业,老师建议她试考下洛阳一所外语学校。我不太懂,只听说那个中学很牛。当天,姐姐姐夫带她到洛阳考试,我也去陪考。学校在洛阳老城,天已有点热了,印象中校园里柳树很绿,有知了在不停地叫。

小姑娘后来并没到洛阳读这所初中。我次年10月离开洛阳南下深圳。她当时考完后,准考证被我顺手存了起来,一晃就是十年。她今年大学毕业,幸运地考到上海一大学做金融专业研究生。

毕业前,我建议她来深圳实习。她一直在河南读书,太封闭,还是要到外面看下。非常幸运,机缘巧合之下,我一位朋友介绍她到了一所非常不错的证券公司投发部。

票根记

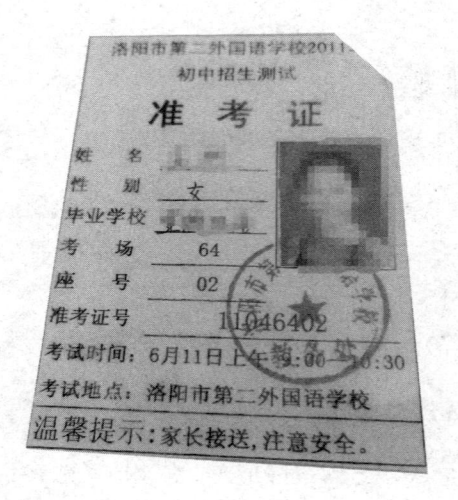

洛阳市第二外国语学校2011
初中招生测试
准考证

姓　名　　　
性　别　　女
毕业学校　
考　场　　64
座　号　　02
准考证号　11046402
考试时间：6月11日上午9:00—10:30
考试地点：洛阳市第二外国语学校

温馨提示：家长接送，注意安全。

　　公司一同实习的，有伦敦大学、波士顿大学、香港大学、武汉大学等名校毕业生或在校生，小姑娘开始可能有些压力。我开导她，要自信一点，站在同一平台，大家都一样，你不比别人差。没几天也就习惯了，与人处得很好，经常与小伙伴们活动。公司还安排她与几位老员工到青岛出差三周。真得感谢这家公司，为实习生提供全方位的学习实践机会。

　　这个准考证，小姑娘自己大概早已忘了，看后吃惊得很，骄傲地说：咦，我小时候长得挺好看的！

　　她和家里另几个小朋友，小时候基本上都是由外婆带大的，与我也非常熟悉亲近。我离洛南下后，偶尔回去休假，他们几个小孩要么在校，要么已不屑于像小时候那般黏我，每年见面、说话的次数其实极少。这八九年间，他们也正处于快速成长转变期。我有时候竟对这几个小孩感到有点陌生，因为我的记忆总还停留在他们牙牙学语、活蹦乱跳的童年时代。

小姑娘来深圳几个月,住在我家,我对她的了解也稍多起来。还好,她性格挺像她妈妈的,很温和,不张扬。有时,我也与她讲一些自己的人生感受。归纳如下:

一、社会上有各种各样的危险,随时都可能发生,一定要有危险防范意识。很多危险,一次都不允许发生,没有试错机会。

二、出来实习,重要的是学会认识自己,认识他人,认识社会。

三、学习、交流、工作、生活,说到底,就是一个信息的获取、加工、输出问题。各种知识、观点、任务等都是信息。要有能力把握信息的重点,加工形成自己的观点,表达自己的观点。

四、必须踏实做人做事。会有人靠机遇、运气获取好处,但那不是常态。踏实做人,勤奋学习,努力工作,才是常态。踏实勤奋的人,不一定会过得非常好,但一般也不会太差。

五、不管在哪儿,生活要尽量精致些,关注自身健康细节,关注生活细节,让自己生活舒服。

六、大人一般不会要求家里几个小孩去成什么大事,只希望孩子能有个工作,安稳生活,活得健康、快乐。所以首先保证自己过好,在条件允许情况下,适当照顾他人。亲近农村的亲朋,因为你不知道以后世界会发生什么。

七、一定要学习赚钱、理财、存钱。人不能钻到钱眼里，但要知道钱是生存和生活的基础。该花的钱，要大大方方。日常生活中，该节约还得节约，不能浪费食物、资源。

八、要有自己的爱好、精神世界。与自己不在一个层次的人，无法理解你表达的人，尽量远离。

九、多与父母、家里几位老人相处，尤其要主动跟爷爷奶奶、外公外婆说说话，他们都很爱你们，他们年纪大了。你外出学习工作后，与亲人们在一块相处的时间，细算起来真的很少很少。

说了许多，不知道小姑娘能记住几句。以后她有了自己的生活、工作、圈子，与我们大人见面的机会就更少了。不管怎样，希望她能记住一两句。

家人的话你可能觉得不对，但家人总不会害你。我还告诉过她这么一句话。

——录于2021年8月21日

无锡

二十多岁的我，其实蛮积极上进的。工作之余，喜欢写些与工作、与专业有关联的思考。论文谈不上，我挺讨厌论文（尤其文科论文）的。我那时写的，就是一种对工作中遇到的小问题的小思考，简单、直白。

那时我还喜欢翻报纸。当时没有智能手机，也不经常上互联网，报纸是我获取资讯的重要渠道。

2006年，我在《法制日报》看到征稿信息，无锡市举办法治建设论坛，级别挺高，冠有中国法学会、《法制日报》的名头。正好有与我工作相关的主题，就用电子邮箱投了一篇稿子过去，反正于我也没什么不好。

后来居然收到了邀请，通知我参加论坛。我挺吃惊，以前没有见过这种活动。我们当时脑子挺闭塞呆板的，同事小敏敏还怀疑说这会不会是个骗局。

无锡此前我去过两次，对这座城市很有好感。这个论坛既然在国家级官媒发信息，市政府承办，肯定不会假。当年，我并没有到外地出差、学习的机会，就决定前去，权当游玩。

很奇怪，去的时候，我居然没想着乘飞机。那时也没有高铁，

票根记

PIAO GEN JI

我就买了一张洛阳到无锡的硬卧车票前往。火车票没在我的收藏夹保存,到无锡后,被会议承办方收走作为报账凭证使用了。

论坛活动挺开眼界的,毕竟我从没参加过。有人接站,当晚举行了欢迎晚宴,当地领导参加,挨桌同与会人员碰杯。当天论坛还搞了个文艺表演,锡剧唱得咿咿呀呀,好看好听,遗憾的是我听不懂。

说个小插曲。首次参加论坛活动没经验,我当时很随意地去了,穿了个圆领老头衫。报到后看会议材料,我发现似乎论坛有个环节是安排我上台发言的,但后来并没让我上。想想,估计是我如此不正式的着装吓着了人家。

回程由承办方代办车票机票,我问可以买飞机票不,会务接待的女生说可以。我心里挺震撼。那时候，我还从没乘坐过飞机呢，觉得飞机票贵得不得了。咱人也很单纯，觉得人家交通、吃住费用全包，又给发了奖金，有火车可以坐，却让人家多破费买机票，多不好意思。

后来想想自己奔三的人了，飞机都没坐过，有点可怜，反正又不花自己的钱，就坐飞机体验下吧，便请对方买了南京飞郑州的机票。

这些年对坐飞机早没了新奇，有时宁可坐高铁都不愿坐飞机。那时不这样，第一次坐，新奇得很，坐飞机有什么流程我都不知道。同事温姐因为老公在海南当飞行员，经常坐飞机，我就打电话向她询问，温姐告诉了我怎么办登机牌，过安检，找登机口，郑州下飞机后怎么找机场大巴回洛阳。

我先到南京，找好朋友亚群、苹果玩了两天。他们带我去了夫子庙、中华门、中山陵。我们是高三同学，以后有机会，会写下他们的故事。南京也是头回来。遗憾的是，那时候我不太知道往QQ空间相册内保存照片，他们俩辛苦发到我网易邮箱的照片被我弄没了。

2006年9月10日，苹果把我从江北送到从中山路坐机场大巴。到机场后，办登机牌时，说我的机票是次日的。只好联系无锡方面的会务接待小姐姐，她说可能她买错了，马上改签。我终于顺利登机。

坐的位置不靠窗。

这第一次坐飞机的感受记住的不多了，只记得经过长江上空时，很多人在指点。我靠边瞅了两眼说，长江怎么这么窄！

　　边上靠窗的大哥回我：这已经不窄了！

——录于2021年8月21日

选调

2012年8月10日是星期五,当天我请假了,说家里有事。没具体说什么事,有些事,肯定不适合让别人知道。我那天一大早坐上大巴,从洛阳牡丹广场去郑州新郑机场,飞到深圳,参加选调生考试。

当时我已在洛阳待了十二三年,日子似乎一眼能看到头,又似乎根本看不到头。那年四五月份,我离开洛阳的念头特别特别强烈。

我请南京的亚群同学帮忙留意看有无合适的工作机会,她好像是提供了一个,我觉得不理想。还是自己瞅机会吧!

大概就叫天注定!翻报纸时,在《人民日报》上看到深圳一单位面向全国选调公务员,我很适合。

对方要求法律、经济、中文、管理等专业,深圳市外要研究生。我大学读经济法,有律师资格证,日常写"小作文",中文水平不太差。我顺便就近在洛阳读了河南科技大学的工商管理硕士,1月份刚毕业拿到双证,学校不太硬,可也是管理类研究生毕业了。

邮寄了报名材料,通过了资格审查,对方通知我到深圳参加

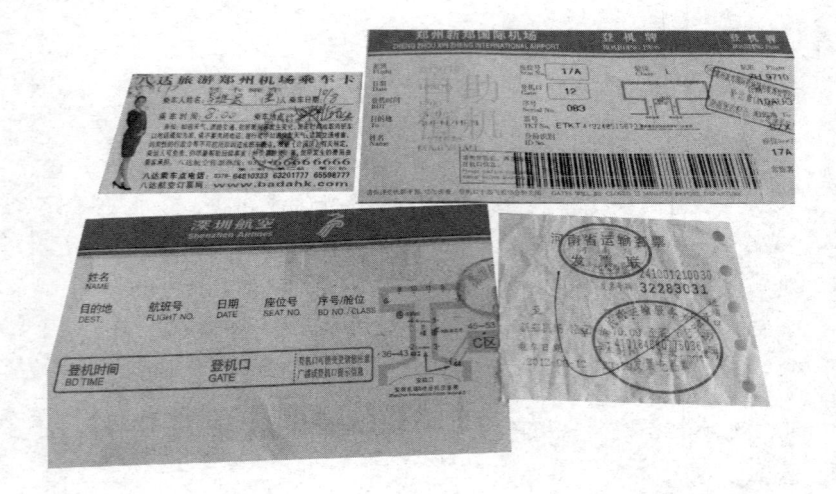

笔试。顺带说一句，所有外地考生到深圳后的住宿费用由招考单位全包。不得不说，深圳就是这么大气。

顺利抵达深圳。一下飞机，热浪袭来。也收到接机工作人员的短信，告诉我他的位置。接机的是峰哥，后来我们成了同事，他当年还年轻得很，算是"小鲜肉一枚"。

外地考生被安排在新闻路的山水宾馆住宿。说起来简直不可思议。好朋友于同学就住在这条街上，离酒店不超过100米。春天时我家里晚上进了小偷，拿走了我的手机，也就没了大家的电话号码。此次来深圳，无法与于同学联系。后来大家聊起，才知道我初来深圳考试时大家居然离得那么近。

与我一个房间的是海南来的小鲍，河南老乡。他还在抱着书背东西。我开玩笑，说这种考试应该考的是实际工作技能，现在还复习什么呢！

次日上午笔试，题目是写述职报告，改公文，对我来说并不难。下午自由活动，说是晚上会通知谁进入面试。

难得出来，利用下午时间，在附近晃晃。我去了莲花山公园，在相亲角，有人问我多大了，做什么工作的。我如实告知，只是来深圳考试。上到山顶广场，衬衫湿透了，习惯性脱了拧汗水，保安过来提醒不能光膀子，我赶紧把湿漉漉的衣服穿上。

晚上接到短信、电话，通知我明上午面试，明天下午还有无领导小组讨论。我说已买了机票，时间可能有点赶。对方（后来知道是同事昌昌）说，那你赶紧调时间。

能进入面试，开心。同室的小鲍不幸未入围，情绪明显失落。他次日就走了，后来我们打过两三个电话，就没再联系了。

给峰哥发短信，说明天赶飞机时间很紧，希望他能送我到机场，短信后没留全名，留了个"洛阳马"。峰哥后来笑谈，说他当时误会了，说怎么还有这么奇怪的名字，姓"洛"叫"阳马"。

面试我抽了1号。面试完又不能走，与候场的人交头接耳闲聊。我并不特别擅长面试，估计是勉强过关吧。来深圳工作后，参加招考服务工作的同事们说，我面试时的河南普通话很逗他们开心。

中午单位安排吃围餐。后来听李冰处长说，吃饭时每个人的表现他们也在观察。

下午无领导小组讨论，话题是审批服务方式方面的。行政审批这块我并不陌生，我参与过区里的该项工作。感觉除普通话不好，自己的观点、表达还可以。

结束后峰哥拉上我，匆忙往机场赶。按时到了，飞机却晚点了。

我在机场等了好久才起飞。到新郑机场出来，还好有趟往洛阳的大巴，小票上显示的时间是晚上11:59。到洛阳牡丹广场时，已是夜里2点多了。

三天时间，深圳一个匆匆去回，人生轨迹就此改变。后面的事大家都知道了，我顺利来到深圳工作。

来深圳八九年，遇到过波折。有人问我，来深圳后悔不。我说，后什么悔呀，我自己愿意出来的。

与洛阳以前的圈子也已基本切断，大家各有各的生活，不扰最好。有老朋友曾说，我离开后，还有人喜欢非议我。我呢，笑笑，那些人，那些话，关我什么事！

——录于2021年8月22日

洗浴卡

收藏夹里，我随手存了不少出人意料的东西，比如这张洗浴卡，外人看来不过废纸片一张，于我，还是能想起好多人好多事。

应该是2010年春天吧，当时工作的单位抽了很多人到城中村搞拆迁工作，我也被抽中，到一个村里搞入户丈量工作。

我在洛阳生活多年，对城中村一直陌生，甚少踏入过。我从城市大街上看到过，村里街巷窄狭、人员杂乱、灯光昏暗，感觉很不好。可为了当时如火如荼的拆迁改造事业，我得服从安排，下村去。

进到那个村里，方知别有洞天，很多人在里面有秩序，也很是有滋有味地生活着。村民住的多是五六层的楼房，很气派，也蛮齐整。这和南方有些杂乱无序的城中村完全不同。

我与另外四人组成了个丈量小组，到住户家去做丈量登记，作为将来拆迁补偿的依据。这些事，我完全外行，也是头次听说"散水""隔断""踢脚线"等词语。同组的霞姐是乡里的，很专业，我们在村里昌哥的协助下，还算顺利地完成了丈量工作。

当时大家相处不错，聚过几次餐。我本就不太喜欢这些事，加上单位有其他村的拆迁工作需要走法律程序，工作完成就离开

票根记

PIAO GEN JI

了。与丈量小组这几位，后来也断了联系。

这张洗浴优惠卡，是那个村里一位干部赠送的。印象中那位村干部个不高，很和气，与我们小组吃过饭。村干部家很富有，村里有栋六层小洋楼，有自家实业，这个洗浴中心就是他自家开的，送我们每人一张券。

南方人理解不了北方的大澡堂。确实，澡堂里水汽弥漫，澡客赤条条坦诚相见，一派人肉丛林，泡池子、冲淋浴，必不可缺少搓背，搓完背师傅多会推荐推盐、打硫黄等，休息间提供按摩、捏脚、采耳等服务项目，也不贵，纯属市井消遣。

这个消费卡用了几次，从村里离开后，好像没再去过，洗澡就到离家比较近的其他澡堂。

说实话，我那几年挺喜欢泡澡的，特别是冬天时，去澡堂洗还是舒服。这纯属地域生活习惯。而且在老家时，每次搓澡身上总能搓下泥垢条，真切感受到人确实是泥土做的。到深圳几年，没什么泡澡机会了，冬天时还有些许怀念呢。

　　说到城中村，我印象一直不好，觉得城市就应该像城市的样子，道路通直，楼宇齐整。因此初见南方这种城市与村庄无缝衔接的景象，更觉吃惊。拆迁改造，城中村向城市转化，总体而言，我觉得都是好事。

　　不知道我当年去做丈量工作的那个城中村，还有我走征收法律程序的那些城中村，后来开发建设的情况怎么样了，居民权益是否切实得到保障。唯愿好事做好。

——录于2021年8月23日

电话卡

2000年前后,我还没有手机,人们还没有微信,最方便的联络方式,便是打电话。

那时候,收入相当低,怎么省电话费是大多数人都要考虑的。街上除了小卖部、报刊亭的公用电话,就是街边立着的像半个大头盔那样的IC卡电话机了,隔不远就有一个,当时大约觉得还是城市时尚、现代的标志呢。

这些电话卡，就是那些年收集的。最早一张是1998年的。其他多是在2002—2005年间。

先说201电话卡，多是10元一张，赠送1角或1角5分话费。卡背面有使用方法：摘机，拨201，输卡号，密码，拨对方电话号码；还有注意事项，特别提醒零钱不足1角或1角5分时作废。与此种卡类似的，还有吉通IP电话卡。

那种卡上有个金黄芯片的是IC卡，价值30元、50元或更多的都有。这种卡直接插入街上IC电话机就能使用，无须在背面写使用说明，卡两面都印有彩图。

当时使用201卡、IC卡，常见的标配是寻呼机，俗称BP机。别在腰间皮带上，有人呼你时，就嘀嘀地响，多显示"某先生（或某女士）请你回电话到××××"。那几年，城市里寻呼台很多。用BP机的人都很神气。渐渐地，手机普及，寻呼台、寻呼机就销声匿迹了。我那个寻呼机，扔在洛阳家里，不知什么时候也被扔掉了。

用手机，就要充话费交话费，那时候还没有网上自助交费，多是到营业厅去交，但不太方便，手机充值卡就流行起来。

我之所以收存这些卡，是因为喜欢卡上的图片。特别像水浒人物卡、红楼人物卡、生肖卡，很多人当时都可能有努力集齐一套的打算。看似容易，集起来难度很大。一般人其实也打不了那么多电话，用不了那么多各式电话卡。

IC卡电话机貌似在街上已看不到了。2018年去伦敦出差，看到人家街上还有红色电话亭，很复古，也很时尚。当时摆拍了几张照片。

发行这些电话卡的，像网通公司、吉通公司，似乎也已销声。剩下的都是些特大的电信公司。

——录于2021年8月23日

邮票

现今四十岁左右的，很多人估计都在什么书本、笔记本、相册或别的什么地方夹存过几张邮票。

我们经历过书信、邮票鼎盛时代，贴过邮票，寄过书信，听过看过关于邮票的故事、逸事、艺术作品。那些故事、逸事，不管真假，多多少少，许多人从前总会因此而想过做个集邮爱好者。

那个年代，人们都有梦，小孩更有梦。但集邮真正成气候，真成为集邮迷的很稀有，起码我周围的人是这样。

现在想想，集邮太难了，真正的集邮者不好当。这事根本不是我们小时候想的那样，从信封上揭几张邮票下来，你就成为集邮者了。

集邮者，需要有相应的知识、市场、圈子、经济基础。这些条件，20世纪八九十年代的大多数人，尤其小孩，并不具备。

我存有些旧邮票，夹在一个简单的小册子里，当时已觉高大上，认为有了自己的集邮册。毕业后前几年，还去邮政买过年册。

这些，离真正集邮者还相差很远。再往后，没有集邮知识做支撑，书信邮票渐渐少见，收存邮票或者说集邮的梦想和习惯也

票根记

PIAO GEN JI

就散了。

前阵子羽哥邀请我晚饭后去他办公室。欣赏了羽哥保存的邮册、剪报册，我觉得他这样的人，才称得上集邮爱好者吧。

他的邮册非常朴实，邮票码放得熨帖齐整，门类清晰，里面的邮票我见过的寥寥。关键，羽哥能讲他集邮的故事，讲邮戳的差异，讲邮票上的代码的含义，如数家珍。所谓喜欢，大抵如此吧。

认识羽哥是经人介绍，加微信聊过几句。我们工作地点相距不远，却从未见过。直到有次我下班去地铁站路上，擦肩而过时，被他认出（我不时在朋友圈发自拍照）叫住，在路边聊了一会儿。然后没多久，他邀我去看他的收藏。

邮票，书信，传达的是友谊、情谊或缘分。现今，非但书信邮票稀少，人与人没有以前亲近。能被羽哥在街上擦肩而过时认出，也是难得。

  我自诩的"邮册"这会儿放在老家。手头的册子里，恰巧有几张粗糙收存的邮票，其中一张2007年国家邮政局发行的党的十七大纪念邮票，那天在羽哥的邮册里也看到过。

——录于2021年8月24日晚

银行卡

以前在老家时，钱不多，各种银行卡真不少。这些卡里，少了一张洛阳银行的卡片，那是我当年的工资卡。

卡是有分类的，按我姐姐们的说法，分借记卡、信用卡、储蓄卡等，功能各有差别。姐姐们在银行一线柜台辛苦干了几十年，经常会被摊派任务，拉客户办卡，拉存款等。

为完成任务，先找亲人朋友。记得我都办过信用卡、借记卡，还帮忙在我的同事中拉人办卡。也觉得奇怪，好好的银行，为何天天拉人办卡。

还有到我们办公楼上推销办卡的，足见银行业务人员不容易。有时办卡会送些小礼品，就又办了不少。

可咱本质上还是穷。信用卡可以透支消费，但那不是霸王餐，消费结束后还要按期还款的。

据说有些卡还要付年费。放着没启用，银行会给你发提醒短信，让你启用。觉得实在用不到，或者卡片太多了，想注销，也并不太容易，银行又会打电话挽留你，虽然也只是礼节性的客套。

在支付宝、微信等支付手段流行前，却也不能小瞧这些银行

卡的作用。网上买机票、火车票，初时还是用银行卡支付得多。即便现在，美团等网站上，如果关联银行卡下单支付，还有些许优惠。

卡多了，密码就多。嘴上说着心里想着全设置成一样的，一路设置下来，又都不怎么一样了。经常忘记密码，这是卡多带来的烦恼。

近几年我办的各种银行卡也不少，社保卡、公积金卡也都兼具银行卡功能。但有了智能手机，可以微信、支付宝扫码支付，出行其实基本不用带卡。但也有例外，比如我们出差就必须带公务卡支付。

这两年流行数字货币，没有网络，也可用手机完成支付。

不管哪种支付，前提都是你得有钱，这是核心要义。账上没钱，再方便的支付手段也只是个手段。

办了银行卡，有个福利，每年过生日时可能会收到银行发来短信，祝你生日快乐。虽然是系统发的，有时，也蛮温馨的。

——录于2021年8月24日晚

座右铭

曾看到有人在网上发问：为什么老一辈人用木桌子时，喜欢在桌面上压一块玻璃板？

想想还真是这样。我毕业后在洛阳工作那些年，办公桌上一直压有玻璃板。

当时办公桌就是一张简单的黄色木桌。开始是"一头沉"，左手边的上侧有个抽屉，下边有个小柜子。后来稍微进步了点，变成"两头沉"，右侧多了三个抽屉。不变的是，桌面上仍要压个玻璃板，主要是光滑，方便抹擦。

那些年我用的玻璃板一直不大完整，总有一两个角破碎了，因此不小心划破过胳膊，还划破过裤腿。当时裤子上那个划破了的小口，是办公室可爱的水姐姐给缝补好的，像打上了个蝴蝶，修补得非常完美。

玻璃板下面通常垫块绿绒毯，防止玻璃滑动、被压碎。

玻璃板和衬垫之间，会夹些小纸片，通常是单位的通信录，这样拨打电话时查找方便，还有人会压些照片，或其他小纸片小卡片，我压得比较多的是一些座右铭。

当年压在办公桌玻璃板下面，留存至今的就是这几张。两张已经发黄的是2004年前后从报纸上剪存的，因为比较喜欢这书法、这字词。

"抱朴守真"四个字，还有点故事。当时区政府的主要领导到我们办公室，刚好坐在我的位置上签批个文件，看到玻璃板下这四个字后，说：小马，你这个年纪，这个好像不适合吧？

我们当时都笑了。

光阴荏苒，小马变成老马。我倒觉得这四个字一直挺适合的，做人做事，不逾矩，低调。

"海纳百川""铁肩担道义，妙手著文章"两张，是同事美女宋的老爸的书法作品。当时我们去看她爸的书画展，拿了张宣传折页。我很喜欢这种古朴的书法，尤其"铁肩"那张，表达的正是我个人的人生追求。

"时间灰烬"及另外一张，是东北网友（或者叫文友）沧海拾贝的书法。我写过一篇叫《时间灰烬》的同名作文。她擅长书法，写了字制成书签邮寄给我。

当时搬过办公室，单位搬过家，所幸这些玻璃板下面压的小纸片，一直没有丢弃，兜兜转转，还跟着我从洛阳来到深圳。

现在的办公桌是红木桌，已经不需要压玻璃板。曾经压在玻璃板下面的座右铭、小邮票等，都纳入了自己的收存夹，或者将一直保存下去。

这么些年，我对办公条件要求不高，不管在哪儿，就是一张桌子一把椅子而已。

值得留心的倒是压在玻璃板下，提醒自己的座右铭。

这么多年，见过很多三观不正的人、精致利己的人、埋头当鸵鸟的人，越发觉得当年自己有这些座右铭，十足可贵。

——录于2021年8月28日

近视镜

我发育得有点晚，大概高二高三时候个子才长起来。个子长高了，教室里的座位往后调了几排，发现自己看不清黑板上的字了。我一下被惊讶到，我居然成了近视眼。

父亲带我在小城宜阳我家对面的眼镜店配镜，一测，居然已经三百度，沉甸甸的玻璃眼镜就此戴上了。

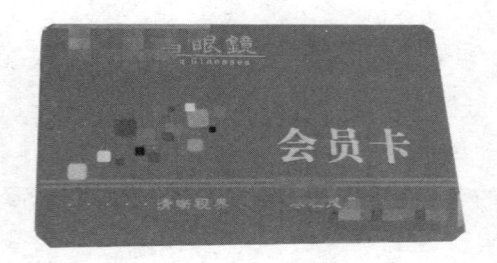

没戴眼镜时，羡慕戴眼镜的人，觉得帅气、斯文。自己终于近视，戴上眼镜了，发现根本不是那么回事。玻璃镜片沉甸甸的，戴上眼镜自己也并未显得好看，当然主要还是颜值不过关。

那时候忙于读书，也没多把形象问题放在心上。

大学期间，眼镜多次出问题。少有的几次打乒乓球、打排球，玻璃镜被球给击碎了，好在没造成伤害。大学快毕业那次比较凶险，喝了酒上洗手间，撞在墙上，万幸的是，镜片没伤着眼球，而是划破了眉毛。毕业证照片上，隐约还有当时揭掉疤痂后的疤痕。

工作后再配眼镜，度数也增加了，已经五百度。安全考虑，不再配玻璃镜片，一直用树脂镜片，至于超薄、加膜、防散光的说法，我并不大懂。

眼镜越来越贵。配镜时，店家都会让办张会员卡。其实如果没有发生什么特殊情况，一副眼镜我可以用好几年，办的会员卡大多也没有再去用过。偶尔，会去离家离单位较近的眼镜店，让帮忙清洗眼镜。

也烦过戴眼镜。有一阵子，我不工作时，就摘掉眼镜。五六百度的近视，不戴眼镜，走在路上，看什么都灰蒙蒙的，对面来的人都未必能看清。使劲想睁大眼，效果也不理想。有人开我玩笑说，那么小的眼睛，还想睁大，干脆弄根牙签撑着。

准分子手术已经流行，周围有同事、朋友去做。按他们的说

法，效果并不算差。我也动过念头，却总是胆小。我做过鼻炎手术，当时心里恐惧得很。至于眼睛，觉得比鼻子更精密，在上面做手术，太吓人。所以一直就近视着。

夏天时，看别人戴墨镜很酷，自己也想戴。就配了一种可以把墨镜片吸附在镜框上的近视镜，满足了戴墨镜的愿望，那两年夏天很是嘚瑟。

换成不会碎的树脂镜片，眼镜不会破了，前几年却又丢过两三次眼镜，主要因为喝酒。有次与朋友喝酒喝多了，自己跌跌撞撞回到住处，次日发现眼镜没了。

彼时近视已八百度朝上，哪里离得了眼镜，就出门去配。镜片、镜架加起来，花费2300多元，这顿酒醉的，成本委实有点高。

眼镜确实是太贵了，难怪很多人说眼镜行业是暴利。镜片和镜框的那些功能其实根本听不懂，只想着不能让自己"心灵的窗户"受委屈，也就认了。

年轻时生活没有那么谨慎。后来听人说，外出旅行、出差时，一定要多带一副备用眼镜，以备紧急之需。想想确实很有道理，手头刚好有淘汰下来的眼镜，外出时就装进行李箱备用。

近视好像早已成为普遍现象了，眼镜几乎成为人们的标配。我在地铁上观察，十个有七个都戴眼镜。我们家四个小朋友，很小就近视了，难道是玩手机玩的？

有种说法，年轻时近视的人，以后老花眼不会那么严重。这是近视与远视相互抵消的想法。有人说，根本不会，近视是近视，远视是远视。我目前眼睛还没花，没有实际体会，不能乱说。

没近视时世界的样子？那是十八岁以前吧，想想应该很绚烂夺目。

——录于 2021 年 8 月 28 日

小人书

　　四五年前,朋友介绍我加入一个微信拍卖群,群里面每隔两三天,晚上就会准时举行一场书画作品拍卖会。

　　拍卖书画作品的那些作者,看介绍有些挺厉害的,不过我是外行,基本没听说过。当时买了房,考虑要买几幅画挂在房内,纯粹出于对某幅画内容的喜欢,先后买了三幅,每幅七八百元。

　　烧香点茶,挂画插花,四般闲事,不宜累家。几幅画挂在家里,确实让房子的格调提升不少。觉得当初买这些画也值得。

　　拍卖群里偶尔也卖别的,折扇、瓷器等,还有小人书。我在群里花300元(含手续费),拍得一套《红楼梦》连环画,共十九册。拍卖公司随货寄给我这张交接单。

　　老家的方言管小人书叫"连环环",应该是"连环画"发音没发清楚。

　　在我们村,那时候我的小人书应该算最多的。父亲在镇上工作,回家会给我们带几本,有些流失了,没有流失的积累下来,二十多本。基本都是黑白的,彩色小人书印象中没怎么看到过。

　　当时我还有了书架,应该是我们村第一个吧。其实非常简单

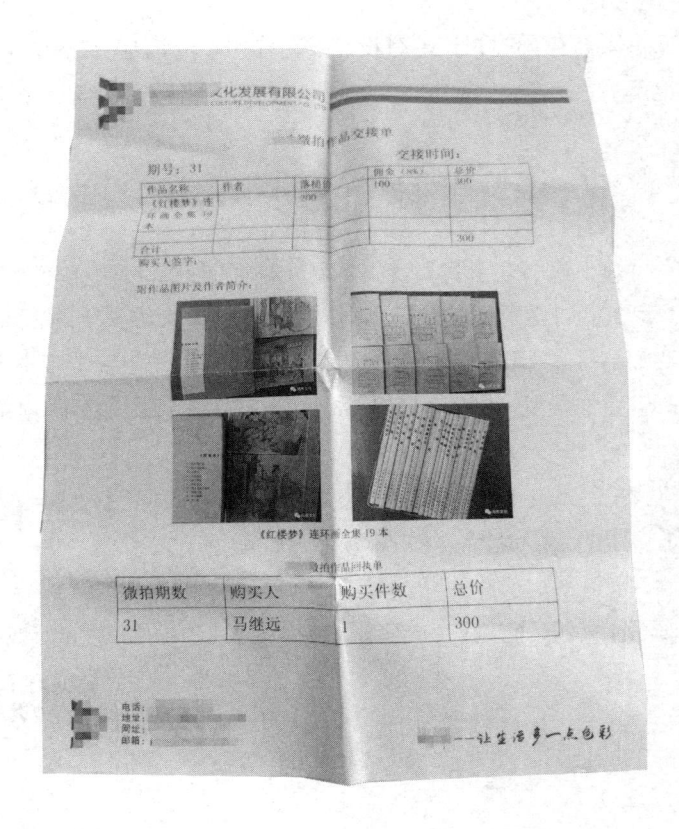

非常小，四块胳膊长的薄木板片，钉在了一起，放上一些作文书、小人书、教材、辅导书，就是个书架了。当时还真有人到我那里翻看。

　　小书架现今还存在乡下老屋里，上面基本没有什么书了，小人书也没了。我至今都还有个念想，什么时候回老家，开个书屋。可惜，乡下老家基本没什么人了，留下的人似乎也不如20世纪80年代的人们那般，还愿意翻翻书。

小人书在我的成长中有没有发挥作用？应该是有的吧，毕竟它也是书。

　　长大了，小人书退出了生活。

　　再提小人书，于我而言更多是一种怀旧，或者是作为一种收藏。我在书店里看到过专门卖小人书的书摊，大堆大堆的，翻翻，却缺少小时候那种滋味。在街边，我遇到过摆摊售卖老版小人书的，里面夹杂很多影印的小人书，看纸张、图像就能分辨出来。

　　我拍到的这套《红楼梦》小人书，收到后发现不是原版，纯粹是影印的。想退货，觉得麻烦，索性就留下来了。

　　不管真假，它终归也是套小人书，以后没准有人想翻翻呢。

——录于2021年9月1日

大学

近些年流行说"别人家的孩子""别人家的大学"。意思是，别人家的，总是优秀、完美，这好那好。自己家的呢，这不好，那不好。可有什么办法，换是不大可能，还得面对自己家的。

大学对一个人的重要性，不必多说，它改变了很多人的人生。正因如此，我们经常羡慕别人家的大学，又对自己家的大学爱恨交织，自己说它不好可以，别人说不好，心里又有点不忿。

我1995年被中南政法学院录取，当时它还没有整合成为中南财经政法大学。可能是那些年国家"市场经济就是法治经济"的提法太过响亮，法学院、法律系在大学四处开花，法律成了极其热门的专业。水涨船高，法学院系录取分数相当高。当时考入中南政法学院的几位洛阳同乡，分数都过了"省重点分数线"，而那时学校只算是一所普通本科院校。

那个年代我们的信息其实非常不发达。入学后才知道，原来还有另外四所司法部直属的兄弟政法院校，甚至还有"五院四系"的说法，感兴趣的可以上网查一下。现在想想，能与几大名校法律系并列，我们学校可能并不差，有一定地位。

可那时觉得学校真的有点差。校园非常小，周边乱糟糟的，南湖也不是现今的碧波荡漾；饭堂、教室、图书馆、宿舍，不尽

人意；老师，不是想象中那种知识渊博、谈吐优雅、诲人不倦的样子。一切种种，似乎都不是我梦想中的大学的样子。

除了大学毕业证、学位证，留下来的与大学有关的卡证并不多。这张蓝色的金龙卡是食堂饭卡，折断过一张，这张是后来换的。一张201电话卡上面，刚好是图书馆的图像。还有一张学习电脑时办的上机卡。

在此必须吐槽当年饭堂的饭菜。大学头一两年，真吃不惯饭堂的米饭，干巴巴的，难以下咽；菜也实在好不到哪儿去。加上此前吃惯了面食，对于这种米饭实在不能适应。后两年略有改善，饭堂二楼有了快餐，稍微贵一点，但可以买鸡腿吃。

图书馆呢，印象最深的不是藏书多丰富，不是借书还书多频繁，而是周末或晚上大家去抢座搞晚自习。是学生太爱学习，还是图书馆场地狭小，两种因素都有。

图书馆里的书，进去借阅过，也没看到什么好书。当然问题的关键是，当时没有人指导或引导我们该去阅读什么样的书。我记得除了去翻阅报纸，就是出于个人兴趣看各种小说杂志，仅此而已。专业方面的书籍，读得少之又少。回忆起来，很为荒废那四年的读书时光遗憾。

这个问题肯定出在当年学校的教育力量方面。与大学同窗闲聊，很多人都觉得当年没有人引导我们，在大学没有学到多少东西，更多东西是到社会上自学的。确实，当时学校师资力量欠缺，我们很多课程的老师都还是研究生在读。或许他们自己都还懵懂，又如何引导我们？

"所谓大学者，非谓有大楼之谓也，有大师之谓也。"如果当年能遇到非常优秀的老师来引导我们、指点我们，估计我们很多同学的人生与现今会大不同。

至于电脑，我们开了电脑课，其实真没听明白老师在讲些什么，原因可能也是我自己没认真听讲吧。后来在同学阿胜的指点下，我自己去上了电脑辅导班，学会简单的数据库程序，考了个等级证书。对于电脑、网络，仍然还是陌生，还好互联网普及也是后几年的事。

吐槽自己的大学，说它不好，只是希望所有的大学、大学老师能真正知道自己的使命和责任所在，给那些好不容易进入大学的学子启迪智慧，指明方向。

我始终认为，能读大学还是人生的幸运。希望孩子们还是尽量能去大学读书。尽管你进入的大学可能不完美,但大学总会提升人的层次,开阔人的心胸眼界,有助于今后在社会上健康生活。

如果在大学里遇到好的老师,那更是锦上添花。

——录于2021年9月1日

去云南

2020年年底,我申请休了假。头天在家躺到下午,恢复精神后,忽然觉得如果几天假期都这样窝在家挺无聊。马上这一年要过完了,我都没出去玩过,就决定出去走走转转。

去哪儿呢?拿本地图册翻,广西、浙江、江西、福建,看了好几条线,综合考虑天气冷暖、时间长短等情况。忽然就想,去云南吧,"昆大丽"如此有名,昆明去过,大理、丽江我还没去过。还有腾冲,前阵子朋友凯哥刚去过,发了朋友圈,貌似不错。

上网搜索机票,有明早7点多深圳飞腾冲的航班,立马下单。然后,预订了个腾冲的酒店。

一场出行,如此简单草率搞定。我告诉朋友自己明天一大早要去云南玩。朋友说,你这才是真正的说走就走的旅行啊。

对的,一场说走就走的旅行。

我们经常谈论诗和远方,经常说"世界那么大,我要去看看",经常说要来一场说走就走的旅行,实操起来并不是那么容易,这需要充分的自由:时间、金钱、生活、个性等。非常庆幸,在目前有限度的范围内,我是自由的,尚且可以真的做到说走就走。

一切都很顺利。2020年12月24日早上5:45，我在小区门口上了昨晚约的出租车，去宝安机场。车上与司机聊天，我说他没必要早上5点就提前跟我联系，我完全会按约定时间出来。司机说主要以前遇到被放鸽子的情况，不是所有人都那么守时准点。听起来，他们也不容易，社会上不守信不守时的人还是很多。

6:20左右我就到了机场，7点登机，7:40起飞。

我有个习惯，坐车或坐飞机时，喜欢靠窗坐，主要是方便观景。风景在路上，靠窗坐，才有机会静静欣赏。

飞机在高处飞行时，我能看到地上看不到的云海、云山、云流。俯瞰大地上的山峦、河谷、房舍，虽然不知其名，不知其所在，也觉得有意思，忍不住拿出开了飞行模式的手机，拍了些照片。

不大尽兴的是，国内航班座位前没有小屏幕可以点击查看飞机飞行线路、大概位置、舱外景观等。2018年我坐国际航班，非常喜欢飞机上的这个服务，通过点击查看，可以知道自己大概在哪儿。

快降落时，在飞机上看到两个顶部有圆坑的山，拍了照，觉得那可能就是腾冲比较有名的火山坑，之后证实确实是。

飞机在腾冲驼峰机场降落，虽然是冬天，倒不觉得腾冲冷，只有秋天的凉意。

适应一下节奏，两三个小时前，我在东南沿海的深圳，此刻，我已到了西南边城腾冲。这完全依赖现代化的交通，不然，想来隐藏在崇山峻岭间的腾冲，很需要费些周折。大学时，武汉的阿敏同学跟云南腾冲的立伟同学过来玩，听说坐了好久火车、汽车。

刚刚我才发现纸质登机牌后深圳航空的广告，"手机就是登机牌，微信就能坐飞机"。确实如此，现今登机其实没必要再打登机牌，微信上可以提前选座，刷脸扫码就可以完成登机流程。

这方面我比较传统，喜欢打印个纸质的作为留念。

——录于2021年9月5日

腾冲

腾冲是座漂亮的边城，县级市，环境很好。一到达，我整个人立刻神清气爽。这个情况经常有，只要离开自己生活工作的城市，到达外地，状态就好得不得了，因为外地没有熟人，没有习惯和麻木，各种无形的束缚都没有了，人自然极其放松。

游玩直接从机场开始。我在机场谈好一辆出租车，包用一两天，按天计费。司机是段女士，她人很腼腆友善，后面发现唯一的缺憾是她其实对腾冲本地的风物民情并不十分了解，无法兼当我的地导。

先去银杏村。天高云淡，天空蓝得要命。有点晒，我预备了防晒霜，我还穿着马甲、厚外套，略微觉得有点热，感觉很干燥。段师傅说这边很久没下雨了，冬天雨水很少。公路两边随时随地都有风景，我让停了两三次车，在路边拍些野草、蓝天，非常惬意。

银杏树光秃秃的，大片金黄的银杏叶林的场景只能靠想象了。我来得不是时候，早来半个月的话大概就能看到。还是到村里走了一下，在古老的"银杏王"树下小坐。这是个旅游村庄，村民们很悠闲的样子。

路过火山公园，就是我在飞机上看到的那两个火山坑的所在之处。段师傅介绍说前几天这里的热气球出了事故，公园暂时关闭。我也没有去这个公园看的意愿，在空中看到的，就是火山最靓的一面。

路边一处黑色岩石较为独特，叫作柱状节理，岩板如书本般挨挤着。在瑞丽江（曲石段），我下到江边，发现这里看上去像是一条河，石头很多，水色如绿玉，水流很急，激出白浪。跨江有座三孔的野桥，我在桥上遇见一位穿红衣的光头大哥和他老婆，相互帮忙拍了照片。大哥应该五十多岁了，交谈几句，他说是出来随便走走。是的，这江边，野桥，并不是景点，许多游客估计不会留意。

去了北海湿地，太阳依然很晒。北海湿地是个高原火山堰塞湖。站在这里，头顶是蓝天白云，对面是青山，脚下湖水湛蓝。有特色的是湖中的茂盛草甸，这个季节刚好变得金黄。这里的各种颜色都极其鲜艳明快，煞是好看。在一处网红打卡地，一位身着白色百褶裙的女郎，背着一双天使翅膀在拍艺术照。作为路人，我也顺势拍了几张美女天使照。

草坪上有群鸽子，我买了点杂粮，坐在那里喂它们，想起梁朝伟从香港飞到伦敦去喂鸽子的逸闻。

坐在湖边栈道上，好一会儿，看山，看云，看海鸟。旅行的意义，生活的意义，什么都不用想，纯粹发呆。

到火山热海，看了"热海大滚锅"，很多人在边上池子里煮鸡蛋蒸鸡蛋玩。我进去泡个温泉。除了在洛阳龙门酒店里洗过温泉，这是我第一次在山间泡温泉，稀罕。这里有很多种池子，是在山石绿树间的，颇有点野趣。泡温泉的人不多，便更加舒服了。此地的温泉水应该质量非常好，泡过后全身极度舒适。

晚上我在地摊吃一种本地米线，体验一下本地风情。闲逛了所谓的酒吧街。在靖边广场附近逛逛，发现这座小城各种珠宝、金店特别多，大概是靠近缅甸的缘故，缅甸北部盛产玉石。

我又去文星街，这是一条古街，有南北两座古城楼，城门外广场上一组茶马古道雕塑。看手机地图发现有个腾冲文庙离我不远，就循着找过去，黑灯瞎火，没有游客，大约还在升级改造。

晚上在腾冲街头闲逛，发个朋友圈，朋友提醒我注意安全。出行在外，当然得注意安全。腾冲给人的感觉，非常安静祥和。

——录于2021年9月5日

和顺

12月25日早饭之后，打车到和顺古镇。

和顺是一座有特色的历史文化小镇，依山傍水，古朴雅致。一所宅子大门上的对联"旷野火山窗外，龙潭湿地门前"，恰到好处地勾画出和顺的山水形胜。

村中有不少古桥、牌坊、古亭、碑刻、宗祠等，建筑中最有历史文化韵味的是文昌宫、图书馆。村外开阔平坦地带，有大片稻田，立着金黄的秸秆，蓝天白云之下，金灿灿的夺人眼目。我离开小镇里的客流，到稻田里小坐了一会儿。

小镇展示了侨乡、马帮、戍边等历史，尤其展现了儒家传统文化，可以看到"仁里""文治光昌""家和风清"等匾额题字。湖边的家风长廊，讲的是劝学、孝道、礼仪、诚信、家国、励志、耕读、英烈等内容。

这样一座小镇，少不了历史名人，李曰垓、李生庄、李生萱父子

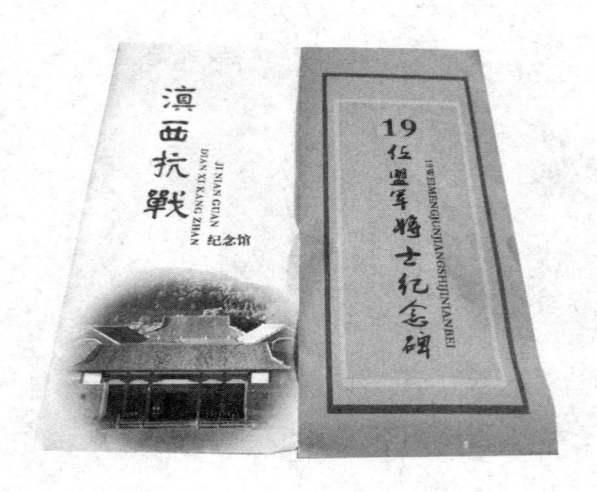

三人，被称为"李氏三杰"。还有当地教育家寸雨洲，国民党元老李根源等，都能在古镇里找到与他们相关的文字、遗迹。

李生萱笔名艾思奇，在艾思奇故居，我看到毛主席给艾思奇的题字，"学者、战士，真诚的人"，深受触动。这样的评语，正是我们学习的方向。

我在村里村外走着，居然有点累。在一处花木葱茏的房舍边，看到前面有位扎个小发髻的男子，牵着位身着红色棉衣的老太太。不禁有点黯然神伤。孩子牵着母亲出行，何其幸福温馨。我母亲如果还在，我或许也能带她出行，可惜再没机会了。

离开和顺，我去拜谒腾冲国殇墓园。中国远征军名录墙上那十万多个镌刻成蓝色的名字，撼人心魄。忠烈祠前"碧血千秋""河岳英灵"的题字，感人肺腑。李根源《告滇西父老书》、张问德《答田岛书》这两篇檄文，彰显的都是中华民族的气节。

参观了滇西抗战纪念馆，对中国远征军、腾冲战役的历史又多些了解。

9月3日是抗战胜利纪念日，刚过去两天。近些时日，新闻里看到有年轻艺人到日本靖国神社去拍照发微博的事件，实在匪夷所思，真的是触犯了国人的底线。这肯定不能用简单的一句"不懂历史"来掩饰辩解。一个中国人，对艰苦卓绝的抗战历史，不可以无知。

离开时，想到一句话：这不是一个和平的年代，只不过我们有幸生活在了一个和平的国家。

所以，我才能够安然地四处旅行。

——录于2021年9月5日

大理

我要去大理。在腾冲汽车站附近找家餐馆,吃饱喝足,下午2点多,坐上大巴,离开腾冲去大理。

车上才六个乘客。午饭后我习惯性犯困,出城没一会儿就睡着了。醒来,车子在高山间盘旋。我知道,这是很有名的高黎贡山。遗憾的是,车窗发黄,外面景致看不清楚。只大概看到路边山上草木不多,而且明显缺水,山体基本光秃。

看手机地图,快到怒江边了。这里虽然不是"三江并流"地带,但车子一样要经过怒江、澜沧江。我走到前车门处,就着前

车窗拍照，顺带和司机聊天。司机说，他主要从大理往腾冲拉客，所以今天即便车上没客也得去大理。说到怒江，司机说这边人有个说法，一辈子喝不到怒江水，大意是说怒江处于高山峡谷中，不容易靠近。

在潞江坝服务区，车辆停下休息。我借机跑到服务区后面，那儿有些楼台，像是个半拉子工程，不知道是不是地图上所示的"怒江观景台"。上到二楼，无法看到怒江。司机在催，急着上车。有人搭讪，问到大理能否和我一块儿玩。我说那边有人接应，不方便，婉拒。

车子从怒江大桥奔过，江水很绿，感觉江面不太宽。

越往前走，感觉光秃的山越来越多，是因为冬季吗？

在一个检查站，车辆停住，有防护得非常严实的工作人员上车，挨个检查我们的身份证件，还简单询问几句。有个小伙子，问我从哪里来，是抓住机会休假出来放松一下吧。看他的工作、装扮，我心想，公职人员都很辛苦啊，便向他表示谢意。

车子在山间，爬山，下山，又过了一个多小时。经过澜沧江，水一样澄清，江面比怒江似乎宽了些。继续行走，看了通红的落日，看到天上的月光，大理还在前方。

晚上7点30分左右，终于抵达下关。原来这儿还不是大理古城所在，我便打车前往。

看到一座灯光映照得金黄的城楼，上面挂了"文献名邦"四个大字，城门上镶着"大理"。兴奋。我看过些金庸武侠影视剧、小说，入城的时候，颇有种大侠的感觉。

街上人很多，边逛边去预订的客栈。和其他旅游小镇差别不大，基本都是在卖特产、工艺品、服饰衣帽。独特的是街边有水渠，溪水潺潺。一家店门口有个古装古帽的小男孩，眉清目秀，戴着口罩，在反复推碾药材。我问店家，这么小的小孩都会干活了。店家没看我，嘟囔了一句什么。之后我才发现是个假人，做得实在太真。

大理这种文青最爱的地方，酒吧少不了，走着走着就被人塞了张酒吧广告。不少酒吧里挺热闹，歌手在歌唱，客人在交谈。"大理公社""王语嫣""段公子""在路上"，类似这些，都是大理最喜欢用的店名。我遇见三四个年轻人坐在一步行街中间弹吉他唱歌，观者不多。

折叠光阴，休息。次日我在简陋的客栈醒来，站在楼廊上，对面是点苍山。可惜，山上没有雪，只有灰色的裸岩。

早晚两次到海边，看日出，看月起，间或拍一下海鸟。洱海是个湖，南北细长形，能看到东岸光秃的山体。"下关风，上关花，苍山雪，洱海月。"大理的风花雪月，并没有影视剧、宣传片里拍得那么神奇缥缈。洱海的漂亮，海鸟的自由，都需要心境领会。

想去爬爬点苍山，出租车师傅说只能坐索道，索道今天风大又停了，我只能去崇圣寺逛逛。崇圣寺三塔非常有名，倒影在一潭水里，这图像入了教材的。运气不错，看到了三塔倒影。在庙里找个殿堂外廊，晒晒太阳，享受晨钟暮鼓的静谧。

吃饭的时候，喝大理本地"风花雪月"啤酒。有个本地菜，名字很奇特，叫"水性杨花"，说是洱海里才有，吃起来不错。

客栈老板叫我环洱海走一圈。骑单车的话，太累。租车，可惜我又不会开车。也没打算环行，觉得意义不大，看到洱海的一角两角，足矣。

洱海只是坝子里的一个湖。这边人说，从前本地人很少能见到海，向往大海，就把很多湖叫作了海。

我从海边来，到一个叫洱海的湖边，来看海。

——录于2021年9月5日

香格里拉

12月27日早上，我从大理乘车出发去香格里拉。

汽车在洱海西边的公路上行驶。此时正是冬季，雨水稀少，车窗外面看起来有些萧瑟，很多田地、树木都光秃秃的。洱海周边高山围起来的这种地形，当地人叫作"坝子"，洱海是块位于山间谷地的高原湖泊，从空中俯瞰有点像左右粘在一起的括号。往北走，不时能看见洱海的一点水面。最北头是流入洱海的河流，河流非常小。然后就开始翻越山峦，出了这个坝子。

往前走，山坡上的树木不多，有的地方甚至光秃。农田里有些地生着绿色的庄稼，感觉有点像北方的冬小麦，有些地则荒着。在剑川县附近，我看到几条清澈的小河，一个比较大的水库，还有建在一座光秃小石山上的古楼。

一切都寻常得近乎乏味，直到望到前方高山上的点点白色。是雪山吧？看下手机地图，发现居然是玉龙雪山，我立马兴奋起来。

又有点不像想象中白雪皑皑的玉龙雪山。山势确实巍峨，下半部山体上有些绿色，再往上全是灰色、光秃秃的巉岩和大片滑沙，山顶上略微有些白，就当它是雪。

为方便拍照，我到了车厢前门处。问了司机后，确定是玉龙雪山。或许这是玉龙雪山朝阳的一面，雪少也能理解，我这样想。司机非常友好，让我不要急，先回位子上坐好，说到前面停下来休息的地方，可以专门拍照。

公路边上有条河，是长江的上游金沙江。地图上有标志，这附近有长江第一湾、茶马古道、虎跳峡等景点。从车上看，江水是灰色的，不宽，水流也感觉不到很急，江岸边倒有不少细沙。

停车休息的地方极其简陋，司机赶忙进去呼噜呼噜地吃简陋的饭菜。一车人各自活动，有几个吃饭的，我则抓紧拍玉龙雪山。下午1点多，太阳很晒很热，山上那点雪能否禁住太阳这种热情？

金沙江、玉龙雪山，如果不是今天的这趟旅程，我大约很难有机会经过路过它们，看到它们真实的样子。

江山值得一游，江山值得经过。

车子驶过金沙江上的桥，此桥很短，我不知道其名字。汽车很快拐入一条峡谷，沿着西景线，经虎跳峡镇，蜿蜒向上，边上的河是金沙江的支流小中甸河，水流湍急。看不到河水后，汽车就在山腰盘旋往上，去往香格里拉。

有一部小说，拍成了电影，叫《消失的地平线》，据说云南的香格里拉就是书里描述的地方。中甸改名叫作香格里拉，不知道多大程度上是因为这书或电影。书本和电影里，主人公们是攀着藤蔓从峡谷爬到了高山之上，我们则是坐着车从金沙江边上到

了高山之巅。

　　山上的树木突然多起来，窗外多出很多宽阔的平地，生着高山草甸，看景象明显是进入了另外一种地理环境。汽车不时停下，上来些藏族人，小孩子居多，看模样是去上学的中学生。我边上坐了一位藏族女子，看到远处一座雪峰几乎与我们高度持平，雪比较多，我便问她那是什么雪山，她说是哈巴雪山。闲聊了几句，她介绍说她在香格里拉一个酒店打工，一个月四五千元。我说那已经很不错了。

　　汽车跑得很快，外面有稀疏发黄的草地、白塔、藏式房舍，还有正在建设中的高铁高架桥，这儿应该很快就会通高铁了。

　　到了香格里拉市，住在独克宗古城附近，安顿好后，我便去外面走走。日光虽然还很亮，但气温明显低了，风也不小。上到龟山大佛寺，与几个人一块儿推那个大转经筒。下来在月光广场，一位看起来非常落魄穷困的年轻人在唱歌，音箱看着很劣质。他语言能力似乎不太健全，歌唱得呜里哇啦。闲着无事，我要过话筒，点了首他音箱里有的歌唱了。之后给了他一些钱，闲聊几句，他还跟我开了几句玩笑。太阳快要落下，明显更冷了，我劝他赶紧回家，这么冷的天。之后我离开广场，在古城里随便走走。

看建筑，独克宗古城明显是仿古重建。街上基本看不到人，绝大多数店铺都关着，荒凉得很。天有点暗，有的地方没有灯，天气又冷，更觉冰凉。与大理街上的人头攒动、酒香歌飞相比，说这儿是著名的香格里拉，挺难让人相信的。我猜想，可能因为这里海拔高，冬天晚上天太冷，不适宜旅游。也好，就让香格里拉遗世而独立。

晚上是真冷，零下好几摄氏度，我穿的厚衣服不多，冻得不得了。找了家饭店，也没什么客人。点了个小火锅，吃点牦牛肉，喝二两青稞白酒，这才暖和过来。吃完后，又去广场，那儿有红的、紫的、蓝的、金色的亮化灯，天上还有非常清澈的月亮。

独克宗古城，又名"月光城"。清冷的月光下，站在高原上这座千年古城，即便古城火灾之后已不复从前，我却依然能感受到它的沉稳安静。

次日起来，外面气温是零下十摄氏度左右，等太阳升高了，我才出去，参观广场附近的长征博物馆。寻到茶马古道博物馆，没有开门。就在广场上逗一群鸽子玩。

午饭后去松赞林寺转转，不大想去普达措等地了。下午就上车，去梅里雪山。

——录于2021年9月11日

梅里雪山

遇见的人都很友善。在香格里拉汽车站，请工作人员将我网上预购的车次调整了，时间提前到下午2点30分，去梅里雪山飞来寺。

一路上都是大山，光秃的山，生着点绿树的山，洁净的雪山。汽车就在山间上上下下，幸亏路况很不错。这里是"三江并流"的核心地带，路上经过金沙江。梅里雪山东西两侧，就是怒江、澜沧江。

下午6点30分左右到飞来寺，太阳落到山那面去了。梅里雪山，诸峰耸立，势如刀削，巍然肃穆。几块云片挂在峰边，一块稍大稍厚的被染成了金色。入住的客栈景观不错，正对雪山主峰卡瓦格博峰。

12月29日，我醒得很早，5点30分、6点30分，两次上到客栈楼顶，欣赏月光下的梅里雪山。恰逢月圆，皓月挂在雪山靠西北的方向，一竿多高，为山脊线镀上一层银光。以我高度近视的眼，也能看到不少特别亮的星星在南边诸峰头上璀璨。月亮落得很快，一小时后，就贴着了山脊线，很快又藏起了半边脸。快7点时，天完全暗下去，雪山只剩下一带剪影。

7点30分，去飞来寺观景台等候着。雪山先明起来，雪线以下部分还一片乌黑，有处山谷里泛着一些灯光。天渐渐变亮，雪山清晰起来，山腰部分也能看清楚。8点10分左右，最高的几个峰尖变成褐色、金色了，像点燃了的火烛引信，往下蔓延，稍矮的峰尖也点燃了。三五分钟后，就那么一刹那，很多雪峰上半部都亮起来，卡瓦格博峰变成了夺目的金字塔。迅即，所有金色戛然消失，金山又变回雪山。

这就是著名的"日照金山"，非常幸运，我能够遇到这一幕震撼的景象，感受整个过程。遇见的旅友良哥拍了个小视频，非常棒，我专门上传网上空间予以永久保存。

凑七八个人拼个车，从飞来寺去西当村。司机是藏族小哥，给我们讲梅里雪山的神圣和神奇，讲那场有名的登山事故。

下山，过澜沧江，再上山到半山腰西当村，开始往雨崩村徒步。一车人本来不认识，有的独行，有的两人三人。走着走着，我就与他们散了。

这次徒步，路程据说18公里。路非常糟糕，很窄的一条坑洼沙石土路，越野车驶过时，尘土飞扬。前段上坡路程，走到南宗垭口，海拔已到3700多米，走起来比较费劲，后来基本就是三步一喘气。时间很充足，走走歇歇。有处山坡上有雪，躺在雪地上爽会儿。

过了南宗垭口，下坡相对轻松，可太阳却相当毒辣，走一会儿也要休息。这条徒步的路完全是原生态土路，有些电线杆都栽在路上。遇见一帮在维修电路的人，说雨崩停电了。他们邀请我

坐下休息，闲聊一会儿。有位大哥说他去深圳坂田培训过，问我工资多少钱，我开玩笑支开话题。

到上雨崩时已经下午4点多，风尘仆仆。雨崩村是隐藏在梅里雪山脚下的一处藏族村落，我们徒步的线路据说就是村民外出的主要道路。村民不算多，大都开有家庭旅馆。这些简易框架结构、带点藏族风格的房舍，镶嵌在雪山之下、溪谷之中，颇有世外桃源之风。入住起来，又有诸多不习惯：停电了，手机没法充电；洗手间热水器似乎又无法使用；晚上冷还无法使用电热毯。

次日出发去神瀑，比昨天徒步的路好走太多，风光也好。路上见到一些毛驴，逗着玩。这些毛驴和昨天徒步时遇见的小牛一样，都很呆萌。走到山谷尽头，上面是梅里雪山中那个像五片手掌的山峰，冰雪山石交错，但并没有瀑布冲下，只有一些融化的雪水顺着岩石缝流下。挂了很多经幡，遇见一拨几十个藏族女子，在神瀑下的冰水潭边颂唱一番后离开。

我的双手没保护好，早上看月亮、看日照金山时受冻了，此时已经红肿皲裂。走回下雨崩，不去冰湖了，决定离开。我和良哥及其女友等人又包车回西当。在西当村，又联系到一位当地藏族兄弟，开车送我们回飞来寺。车上闲聊，这位藏族兄弟说他两个孩子都读了大学，儿子已经毕业，正在找工作。祝他好运。

次日又略略欣赏了一番日照金山。奇怪的是，今天月亮居然没有落下去，淡白地挂在金山西北侧，一竿子高，日月同辉。

乘车离开时，我看到了七彩祥云。好像是头次见到彩云有这么多种颜色。多彩云南，彩云之南，果然如此。

当天是12月31日，2020年最后一天。见到日照金山，见到日月同辉，见到七彩祥云，心里特别高兴。我将祥云照片分享在了朋友圈，愿大家都沾点好运。

——录于2021年9月11日

丽江

从梅里雪山飞来寺去丽江，汽车先到德钦客运站上客。德钦县城窝在群山间一处山隙里，地势非常局促窄狭。

我后面坐的男女，开始并未坐一起，不知什么原因调整了位置。他们不认识，从9点多开车时聊，声音不小。听了一会儿，知道他们来自不同的城市。两人谈天说地说八卦，到下午1点多我想眯一会儿时，他们仍没有停聊的意思，我只好提醒他们能否稍停一会儿。挺有素质的，不怎么聊了，聊时会压低声音。汽车晚上到丽江后，他们一块儿走的，好像说要一块儿去看"丽江千古情"。不知这是否算传说中的艳遇。

今天这一路走得不易。先是车在香格里拉想走高速，发现高速还未开通。从西景线往丽江拐时，司机又听闻前方堵车过不去，车上的人你一言我一语，最后车子往南走，好像到了剑川县，绕了个半圈上高速，多走快两个小时，车上有要赶火车赶飞机的人急得不得了。整整走了十个小时，晚上快7点才到，这时天上出现了一小团七彩云。

在客运站下车，步行去古城内预订的客栈。客栈的小姐姐小羽说让我快到了打电话，她去接我，怕我找不到地方，顺着导航，我还是找到了。

对丽江古城一见倾心，特别是晚上，古城色彩缤纷，古朴绚丽，尤为惊艳。五彩石石板路油光锃亮，自北向南流过的三带玉河水闪着银光，石桥、房舍古色古香，穿插以花草、红灯笼，间有几架水车，还有随处可见的跨溪木板，都令古城活色生香。

在街巷走走转转，在溪边坐坐，望望天上明月，看看古井古桥，撩拨花花草草，逛逛纳西族、藏族、白族等少数民族特色店铺，散漫自在。

跨年夜，小羽推荐了个酒吧。后来我自己随意去了一家，因为听到里面有人在唱我比较喜欢的李宗盛的老歌。与几位不相识的年轻人一块儿喝点啤酒，一块儿随意唱歌，过了零点就回客栈休息了。

元旦当天，去拉市海，我对那里的茶马古道站点感兴趣。附近村民在山间开设了一段茶马古道旅游体验项目。我是第一次骑这种游玩体验用的马，觉得这些马匹挺可怜。没办法，只能中途多给它买了些口粮。

在古城能看到玉龙雪山。那条穿城而过，让古城鲜活灵动的玉河，据说是从玉龙雪山流下来的。从古城这面看到的，应该是玉龙雪山的正侧，与我前几天从虎跳峡镇那边经过时看到的山势不太一样。雪，却是一样没多少。

在丽江两天，有空闲就走街串巷，感受丽江。吃当地的过桥米线、石锅鸡之类的小吃。

我居住的客栈不错，前面是繁华街巷，行人络绎，后面是玉河细带，溪声入梦。店主是几位年轻人，小羽估计也是其中一位。他们早上睡到很晚起来，坐在小店内喝茶、聊天，或者出外玩耍，晚上泡吧。古城慢生活，估计就是他们这样。

这是他们的生活，我只是个过客。

元月2日上午，启程去机场，返深。出来时是去年年底。回时已是新的一年年初。

——录于2021年9月12日

会员证

拿出这两个作协会员证来写,有点不好意思。一个人怎么好意思说自己是作家呢?别人说你是作家,那你未必真的就是个作家了。

那些著名的大家,鲁迅、金庸等,毫无疑问是作家,这是公认的。现实中如我这般不知名的写手,算不算作家?有了作协发的会员证,就能称得上作家吗?这是个很尴尬的话题。

前两天,在某报纸副刊作者的微信群里,看到一场小口角。有位作者说:你要是贾平凹或者莫言,我就膜拜你。这话说得很对,也很气人。问题是,能像莫言那样拿诺贝尔文学奖的,这么多年了,咱不才只出了一个吗?

从前人们觉得作家了不得,是因为大家文化水平普遍较低。现今不同了,大学生大把大把,谁还不会写个"小作文",诌几句打油诗?至于在报纸上发个"豆腐块",也没从前那么难了。很多报纸开门办报,出于鼓励作者考虑,一篇小作文被编辑老师改天换地般修改过之后发表出来,都很常见。

发几个豆腐块,印个小集子,你就是作家了?好像并不是那么回事。

2012年6月和10月，拿着当时发表在报纸上的一些小文，我申请加入了市作协和省作协，加入时都一次性缴纳终身会费，不算多，六七百元。领证之后就不愿提及这回事，把证书藏起来，省作协证都有点发潮发霉了。九年过去了，我还没有写出什么像样的大作，怎么好厚颜无耻地自诩为作家？而且从自身资质、能力来看，我此生能拿出真正大作品的可能性微乎其微。成为一流著名作家，就是个梦。

可我还是喜欢写点小东西，抒发点小感想。我们学会识字读书，目的不就是为了吸收、为了表达、为了交流吗？至于发表到报纸、杂志，甚至于出本发行量很小的书，能让人看到，那完全是幸运的收获、意外的乐趣。也不能据此说，我就已经是作家了。

作家不是你想当就能当。

我特别喜欢自称写手、写作爱好者、生活记录者，这样讲就谦逊、中听许多。写东西时，我喜欢随心所欲、不讲章法，只要能表达自己的想法、记录自己的生活就好，根本不会想着追求什么文学性、艺术性。看到不明所以的、拗口的、矫揉造作的文字，我会绕开。不过我尽量尊重这类文字的作者，我相信人家也是在表达在创作。

我尤其尊重那些和我一样普通的写作爱好者，这与写出文字的质量好坏无关。文字和阅读，会让一个人的生活多出很多与众不同的味道，会让一个人心情得到释放，精神得到提升。喜欢阅读，喜欢文字表达的人，值得尊重。

文人相轻，这是为文者的宿命，人性使然。尤其，文字还经常与名利、关系、人品等相瓜葛。稿费少，那也是钱。发个小文，那也是扬名。写文者也不可能脱离柴米油盐、社会生活。所以，非但小写手会不时起些龃龉，那些名家大家同样好不到哪儿去。想想，文坛公案还真不少呢。所有的纷争纠葛都很平常，哪个圈子哪个行业没有？

愿意写就写，能写好就尽量写好。至于著作等身，流芳百世，洛阳纸贵，那不是写字者自己能把控的哟。至于是不是作家，也别想太多，写东西不是体育竞赛，不能准确划出条达标线来。

能读书，写字，能给生活增色，已经很好了。能享受读书写字，那便是好上加好。

——录于2021年9月12日

粮票

一直想写些关于票证时代的事情，写写粮票、布票等，因为这似乎更契合"票根记"这个主题。

作为20世纪70年代末在乡下出生的人，我自己好像并未直接使用过粮票，但在影视剧里看过，生活中不时也会见到。像我留存的这几张略显脏兮兮的粮票，是当年刚上班时在办公桌里捡到的，最早一张1960年版的，至今都过了六十年，有点古老，算是遗珠吧。

我们国家曾经历过票证时代。为多了解这些，我问了唐新智叔叔，他回复说：粮票是国家给公职人员分配的，可以到机关、

学校、工厂食堂买成饭票就餐，吃多买多，每月不能超过供应标准。粮票分为全国通用粮票、各省粮票，到外省出差，必须由单位开证明到粮所兑换全国通用粮票。还有油票、布票、煤票、菜票等。菜票用工资另买，有荤菜和素菜之分，有贵有贱，自己选择。

　　我父亲补充说，单位食堂会根据国家供应额度买粮，发饭票给个人，这也算粮票，但只限于单位内部流通。还有，乡下没有饭店，上面的干部下乡来，吃饭就由农民轮流"管饭"，吃一顿饭给农民补四两粮票、一毛钱，生产队也给管饭的农家补发点粮食。

　　看来，那时我们的父辈，活在衣食住行完全靠票的时代。

有个与粮票特别密切的词，叫"商品粮"。那个时候，用户籍划分出来的农村与城市的鸿沟相当深。农村人特别羡慕城市人，叫他们"城里人""公家人""吃商品粮的"。农民自己种粮自己吃，另外每年还要"交公粮"，我印象中就有些跟村里人去交公粮的残存记忆。这"公粮"，就是后来被国家废除了的农业税之一。

　　感觉那时候周围村民理想的生活就是吃上商品粮，当上城里人。所以，当有谁考上小中专、中师，人们就羡慕得不得了，初中毕业考上中师中专，在当时确实已属凤毛麟角，比较难。

　　我们家的情况有点意思。因为父亲在外面有工作单位，在村民看来已属于"公家人"了。那些年，父亲一直在努力给哥姐转户口。我最小，户口一直没转，我自己对这些完全无感。村里京坡他爹就经常打趣我，说我将来自己就能吃上商品粮。直到考上大学，我的户口才从乡下转到城里，成了"城里人"。

　　从没觉得在乡下长大有啥不好，所以我从不回避说自己在乡下长大，也不觉得自己比城里长大的人差，当然我的普通话确实糟糕。我的经历，应该也是很多人的经历，天生的城里人毕竟是少数。上溯几代，谁还不是乡下人？当然，国家这二十多年发展迅猛，城乡差异的沟慢慢填平了。

　　生活在城市，绝少再回乡下，乡下也终于变成了故乡。上辈人很多都已走了，无声无息。以前回去，京坡他爹会跟我说：你以后回来，要多提提我啊！人都怕被世界遗忘，可世界能记住的人又寥寥。我居然不知道京坡他爹的名字，只记得村里人叫他"大谷挛"（音），他那时候是村里红白事的指挥者。去问我老爹，才知道京坡他爹叫"马时俊"。我感叹，这么高级的名字！把这个名字记下来，这样他就不会被遗忘了。

前阵子我对粮票这些东西很喜欢，手头宽松时，花钱网购了两套粮票大全、布票大全。收到后，册子里的粮票布票崭新、平整、精致。翻了几下，就塞柜子里了。新不如旧，远没那四张皱巴巴的粮票有感觉！

——录于2022年7月2日

春都火腿肠

不知道现在的年轻人有没听过、吃过"春都"火腿肠。这个牌子似乎消失已很久了。如果不是看到这张"春都会员卡",我都不会想起它。

"春都"曾经风靡一时。20世纪90年代开始吧,春都火腿肠,"会跳舞的火腿肠",相当流行,广告和产品都铺天盖地。

作为洛阳人,我知道"春都"是春都集团的名牌产品,集团前身是洛阳肉联厂,极朴素的名字。厂址在洛阳道北路。据说厂子兴盛时,排队提货拉货的车子,会造成道路堵塞。当然,春都也成了洛阳的名片,在A股上市,春都当时的领导也成了各种荣誉加身的名人。

我吃到的第一根火腿肠就是春都。当时自然还不知道它叫"火腿肠",因为从没见过也没吃过。吃过之后,觉得极其鲜美、柔滑,想不到猪肉居然可以做得如此细腻精致。

那还是家里生活有点贫寒的时期,顿顿吃肉并非易事。有火腿肠吃,幸福得不得了。直接剥皮开吃、凉拌、炒菜,火腿肠真是天下极品美味。

眼界彼时尚未打开的人们,也都把火腿肠当作好东西,走亲访友，带上十几支，气魄点的，就带上一整箱。市面上，火红的火腿肠摆在摊位上售卖，卖家也似乎从没考虑过火腿肠其实不宜放在太阳下。但那时人们不会计较，谁让它好吃呢？

火红的火腿肠，有点像那个半开半合、懵懵懂懂的年代，人心都是火热、粗放的。

与春都火腿肠同时代的有牌子的食品，还能让我回味想起的，就是华丰牌方便面，有一款"三鲜伊面"，当时也是极其风靡，待遇和火腿肠差不多，拆包直接干吃，煮了吃，泡了吃，走亲戚时掂箱做礼品。方便面是塑料袋包装，配个料包。没想过以后方便面会有了碗装，牛肉、酸菜、海鲜等口味花样百出。

因为过往生活不富裕，食品不丰富，对于春都火腿肠，对于华丰三鲜伊面，印象至深，满是怀旧。好像去年吧，还看到友人在朋友圈晒三鲜伊面秀情怀，这真的是那个年代的标志。

火腿肠后来进入繁荣期，双汇、金锣等品牌兴起，鸡肉、鱼肉等样式繁多。反倒是春都火腿肠，后来渐渐看不到了，在A股也消失了。为什么消失，有说法是国企改制等原因，我听到的民间说法更为直接：春都开始时火腿肠里几乎全是肉，后来里面几乎全是淀粉！

反正，"其兴也勃焉，其亡也忽焉"。一个名牌企业的倒下，徒令人留几声叹息。我自然也遗憾不能再拿春都火腿肠对外说是洛阳特产。

现在我也已很少再吃火腿肠。有次在家涮火锅，拍照发朋友圈，同学对我切的那盘准备涮吃的火腿肠片评价道：尽量少吃，没营养。

生活比以前好太多太多，可以随时买到鲜肉。除非到野外到山上游玩，似乎确实没有吃火腿肠的必要了。

——录于2022年7月

香港

今年7月1日，喜逢香港回归25周年，欢乐氛围很浓厚。

1997年7月1日香港回归祖国时，我正在武汉读大学，应该是大二下学期即将结束，但还未放暑假。6月30日当夜，同学们聚在学校后面的录像厅，观看回归仪式直播。犹记得当时大家个个激情满满，零点整升国旗时，大家全部起立，同声共唱国歌，相当自豪激动，这应该就是一种朴素的爱国主义情感。

当天，在校园里买了庆香港回归明信片，给亲人，给外地的同学寄了出去。自己也留下一张空白的明信片做纪念，背面盖有红色邮戳，有"庆祝香港回归祖国，1997.7.1.00:00，武汉"字样。

香港那时对我其实还相当遥远，远到无法想象，如同那时根本想象不到二十五年后的2022年，我居然已在香港旁边的深圳生活了十年。

可我们喜欢"港片""港乐"，喜欢看香港的影视剧，听香港的流行音乐，我们喜欢周润发、周星驰、梁朝伟、"四大天王"、梅艳芳、张曼玉、关之琳等香港大明星。那真是个"星光璀璨"的地方！那也真是香港流行文化极为鼎盛的时代！

近段时间在看湖南广电和香港电视广播有限公司联合推出的

节目《声生不息》，很为香港流行音乐折服。原来从小到大，我们受香港的影响那么大，我记忆里最早看过的电视剧就是香港的《霍元甲》。不仅小时候身在河南乡下的我受香港影视文化影响，而且远在东北哈尔滨的李健也一样，他在《声生不息》节目中说，当时大家说一个东西好，就用"很港"来形容。

港乐中的经典粤语歌曲确实很好听，但粤语实在不太好学，于是李健在节目中干脆用普通话唱起粤语歌词，在网上招致了批评。其实这并不奇怪，很多不会粤语的人都是用普通话唱粤语歌的。我就是这样。到深圳后下劲练过几首粤语歌，可惜别人听了说不伦不类。

到深圳工作后,我去过香港多次,有三次是公务安排过去培训,每次五六天。抓住机会,爬太平山,逛逛书展,早晚时分在香港的街巷中走走,发现香港其实是个非常有烟火气的城市,有美食,有市井,除了人们熟知的明星,更有芸芸众生。除了中西文化汇聚这个特色,香港其实也是个非常普通的城市:很多人在其中生活,很多人在其中忙碌奔波,很多人在其中悲欢离合。

有次在香港参加培训,组织方安排参观青衣邮政局时,我收存了十张香港风物明信片,至今也已成了纪念品。

时间过得真快!二十五年弹指一挥间,我们慢慢从青年到了中年。没人喜欢变老吧?变老也有好处,就是有了回忆过去的资本和跨度。对着二十五年前香港回归当天的明信片,对着快十年的香港风物明信片，我可以回忆起这些与香港有关的记忆。

香港肯定变得更好了。背靠祖国，融入大湾区，香港未来会更好。

——录于2022年7月6日

高考

6月中旬吧，史怀良同学通过微信转给我一篇推文，是范会芳同学写的回忆高考的文章《写在高考边上》，发在老家的"宜阳文学"公众号上。史同学问我写过高考的文章没，要不要来一篇。

高考真的是国民参与度最高的考试了。每年高考，全民关注。高考语文作文题目一公开，立马全民热议，"我写高考作文"也是各报纸副刊的例行节目。过来人则纷纷回忆高考，谈高考带来的人生转折，范同学的这篇文章就是情怀满满！

高考对人生的重要性不必多说。我留存有很多准考证，像英语四六级、计算机等级、律师资格考试、干部选拔、公务员招录考试等等，但最重要的无疑是这张1995年的高考准考证，它是此后所有一切一切的起点。

当年高考时的点滴，激动、焦虑、遗憾，都已渐渐淡化。我写过一个小文《犹记当年我高考》，录在我的第一本散文集《此间曾有我》里。文章记录了当年我因紧张失眠，导致语文考试发挥失常，最后严重影响总成绩的"糗事"。其他的，倒与别人并无不同。我倒想借这张准考证，聊三位同学的人生。

先说上面已提到的范会芳同学。她现在已是郑州大学的教授，硕士研究生导师了。我经常说：范同学是我们的骄傲。

高三时我与范同学同班一年，对她并不特别熟悉，只知道范同学学习成绩好。到武汉读书时，她在华中师大，离我们学校不远，便有了更多往来交流。

范同学学习勤奋，思路清晰，人生规划明确，毕业时顺利读研，之后到郑州大学任教的同时，又攻读了南开大学的社会学博士。范同学现今成为名校教授，教书育人桃李天下，醉心科研著述颇丰，关注社会名闻各界，已是人生赢家！这当然与高考有关，但更是与其一以贯之的好学精神与生活素养有关。

再说下何亚群同学。何同学高三时有阵子和我同桌，我对她非常熟悉，我们也是多年无话不谈的好朋友。至今，我印象较深的是高三时她的麻花辫儿。

何同学学习也很好，可惜高考时发挥失常，在洛阳本地读了师专。因为成绩优秀，师专毕业又专升本到河南师大就读。大学毕业后，何同学在黄河北的某县城高中教书。

或许是迫于生活压力，或许是不甘于一辈子留在县城里清贫度日，她默默努力，考上了南京大学的研究生，毕业后留在南京某高校工作，现在一家四口开心幸福地生活着。我去南京两次，还叨扰过她一家。

我们那年的高三文科班，好像都发挥得不大好，整体高考成绩失常。像何同学这样仅仅考上大专的同学不少，但像她那样不放弃不自弃，继续学习深造改变人生轨迹的，好像并不多。乐观、积极的何同学，一直是我学习的榜样。

多年前，也正是何同学，让我写下她、范同学，还有我，像是另一版的"我们仨"。

高考于我，当然有遗憾，午夜梦回，我偶尔也还会纠结那张卡住了我青春梦想的语文答卷。只是人到中年，更觉一切都是冥冥之中注定好的。经历世事多年，我更觉自己幸运。无论高考，还是之后的工作、生活，每到山穷水尽时，又总会柳暗花明。我当然也努力，也自律，但相比何同学、范同学，我觉得在深圳过这种安稳的小职员生活，已是世界对我很好的馈赠。

看看这张准考证，当年的我多青涩啊！二十七年前的今天（7月7日），范同学、何同学，我，我们仨参加了高考。那几张高考试卷上，无论如何都答不出我们现在的人生，可似乎已为现在的我们埋下了草蛇灰线！

写完这篇回忆，我发给了何同学。何同学微信回复：哈哈，我们仨没有任何可比性，每个人有每个人的路，人生的路只能坚持往前走，好坏喜愁自知。年近半百，珍惜曾经的青春、永远的友谊、曾经的陪伴鼓励。相约好好生活，一起向未来！

——录于2022年7月7日

老照片

我五花八门的收存中，黑白老照片只有这唯一的一张。

20世纪的后几十年，在农村，照相不是件容易的事，不像现在，手机随手一按，就是张数字照片。另外，在当时不宽裕的生活环境下，家人似乎都没有拍照的习惯，留存"全家福"？拍个生日照？估计家人从没想过。

这张背景模糊的照片，主人公是我的父母。两人当时极年轻，甚至很青涩。我猜应该是父母的结婚照。父母十八九岁就结婚成

家了，据此推算，照片可能拍于1966—1967年。

这张照片被发现，是在2019年6月，当时，我和家人正处于极度悲伤的时候。一向身体硬朗的母亲，当年农历二月一日过完她七十一岁生日，突然生病了。医生似乎自始至终说不清她生的什么病，第三次送进医院，母亲进了重症监护室，之后医生告诉我们没希望了。

我是"被迫"做出选择放弃治疗的那个人。这种选择和决定，极其残酷。当时，我从深圳赶回洛阳，在医生的"特许"之下进入重症室，看到母亲昏迷不醒，身上挂了很多管子，就开始崩溃大哭。

一个月前，母亲头次住院后得以出院回家，我们觉得没大事了。我离家返深时，她虽未完全变好，仍显软弱无力，但可以说话走路。仅一个月，躺在重症室的母亲已完全昏迷，我抚摸她的脸、手、翻她的眼皮，没有任何反应。看到至亲的人这个样子，我心如刀割。

医生说没希望了。思虑再三，在亲戚们的劝说下，我决定放弃治疗：母亲孤独地躺在重症监护室里，亲人不允许靠近；扎在母亲身上那些针头、管子让我扎心地痛。我想，还是让她少受些折磨吧。按老家的习俗，我们想在她还活着时，带她回老家。

当时，又发生了件事，迫使我再次做艰难抉择。因为沟通问题，亲戚托人想给母亲转院再冲刺抢救一把，当时，转院的救护车也到了……而我，再次选择了放弃转院。

母亲从重症室被人推出来，我们把她往回家的车上抬时，她突然睁大了眼，看到了我，挣扎着想坐起，然后就躺下了，眼角流出两大滴泪。我已泪流满面，说：妈，我们带你回家。

回乡下老家的路，走了快两小时。一路上，我泪流不止，跟母亲不停讲着话，怕她睡着。不知道她是否听得见。

当天下午5点，我们拔掉了插在母亲肺里的呼吸管道、还留在母亲身上的留置针，想让她舒坦一些离开。拔这些针管时，我的心疼痛无比。

接下来，是农村的那套丧葬流程。这些送亲人离开的程式，我见过，也参加过，可这次，是极其沉重极其悲哀地落在了我和哥姐身上，是送走我们至亲的母亲。人生不过是一场场迎来送往、生离死别，个中的疼痛悲伤总是令人难以自已。

丧事在老家的老宅里举办。老宅近乎荒废，老屋平时是连门锁都不上的，我已二十多年没在老宅住过了。幼时温暖舒适、父母尚还青壮的老宅，最后也成了亲人的临别场。

老屋墙上挂着个长方形镜子，我很熟悉，从小就熟，是父亲的发小在他成婚时送的贺礼。镜子上面用红漆写着"天生一间仙人洞，无限风光在险峰"，还落有几个赠礼人名，五十余年后，字已褪去，镜面也已斑锈无光。

我们在镜子背面的夹层里翻出了几张旧物，就有这张褪色泛黄的老照片。亲人村邻感叹：你爹妈年轻时好瘦哇！你妈年轻时就很秀气啊！

我是头次见这张照片，头次见父母二十岁左右的样子。父母也年轻过，他们从那个极度贫穷的年代，磕磕碰碰着，相伴相守着，风风雨雨走了五十余年。

母亲一生坚忍、朴实、善良、乐观，具有中国母亲的一切优秀品质。因为外公早逝、外婆改嫁，还有那个时代整体贫穷的状态，可以想象母亲小时候难言幸福。成家之后她既要承受家里繁重的农活，又要含辛茹苦养儿育女，可以想象早期家庭生活的艰难。后来家里生活有所改观，母亲离开她熟悉的乡村，却在县城里、洛阳市里生活得极其孤单。

我曾邀母亲到南方，她拒绝。我理解，对识字不多、生活中心永远是操持家务的母亲，离家到人生地不熟的南方，内心必定极其恐惧排斥。母亲天性开朗，可囿于知识层次、社会角色的局限，她的一生，活得隐忍压抑。

今年看电视剧《人世间》，主题曲里一句"人像雪花一样飞很高，又融化"，听得我流泪不止。人终将离开，这是所有人的宿命。

母亲走后的三年里，我不时在梦里见到她，我还一直悔恨当时的选择。母亲留给我的是无尽的思念，无尽的心痛。我知道，这一切将伴随我的余生，直到未来，我在另一个时空里与母亲再见。

一位极其普通的母亲，来过世间一趟，似乎也没留下什么。我手机拍过一些母亲的照片，彼时她已白发苍苍，只有这张老照片留下了母亲年轻时的样子，弥足珍贵。

　　我在这里写下父母的名字，希望在世上留下父母的名字，尤其是一辈子以操劳家庭为业的母亲，她没有社会职业，没有多少人认识她。父亲叫马廷黑。母亲叫韩荣，这是母亲后来的姓名，母亲说，她也叫任荣，随她早逝的父亲的姓。

　　写这则笔记的过程中，眼泪，时不时涌出。

　　附上一篇不成诗的诗，愿母亲彼岸安好。如果有来生，愿母亲有个恣意、张扬的一生。

怀念

去年今天，母亲走了
从那以后
我只能在梦中见她
隔一层冰雪薄纱
睁眼即化。唯余泪目天涯

无奈之下，我们接她
从重症室回家
她最后睁开双眼
流两滴不舍泪花

婆娑离别。回望一生无华

丧事之后，我们把她种在了
黄土百泉之下
希望她能重新
生长发芽，自在开花
落个好人家。活得意气风发

她叫韩荣
这一世，是我们的母亲
她自己说，她也叫任荣
无论叫啥，没有多少人知道她

百年之后，我不确定
能否再见到她
我想要努力活久一点
长长年年，把她养在心洼
虽然每每想起
总是泪水两行，叫无应答

——录于2022年7月

剪报

在我那断断续续最后不了了之的各种习惯或者爱好里，有一个必须说的，那就是剪报。

从小我就有很好的剪报条件。父亲在小镇上工作时，家里有很多报纸，国报、省报，还有早已消失的《豫西报》，其他像《参考消息》《中国城乡信息报》《深圳特区报》这种的，也有。但那时，报纸多用于春节前贴老屋的土墙。我读小学时，幼稚又无知，还没有"剪报"这个概念。

我初中在小镇上读书，跟着姐姐生活，她单位里的报纸同样不少。每当看到觉得好的文章，我会剪下来，贴在笔记本上。

当时大约觉得刊在报上的文章，都是极好的。

留存至今现在还能翻到的剪报块块，纸片早已发黄。像这篇《人生若雪》，只是一边角粘在本子里，刚好可以看到背面的报头，剪自1991年2月17日《洛阳日报（星期刊）》。这位叫"胥琰"的作者，在我成长为写手后，似乎有点印象。百度一下，是洛阳老城的作者。1991年我读初二，原来当时我就已是人家的读者。

那时候我也是喜欢诗歌的，那时候的诗我也是能读懂的。这首《太阳颂——献给党的70岁生日》从哪儿剪的就不清楚了。

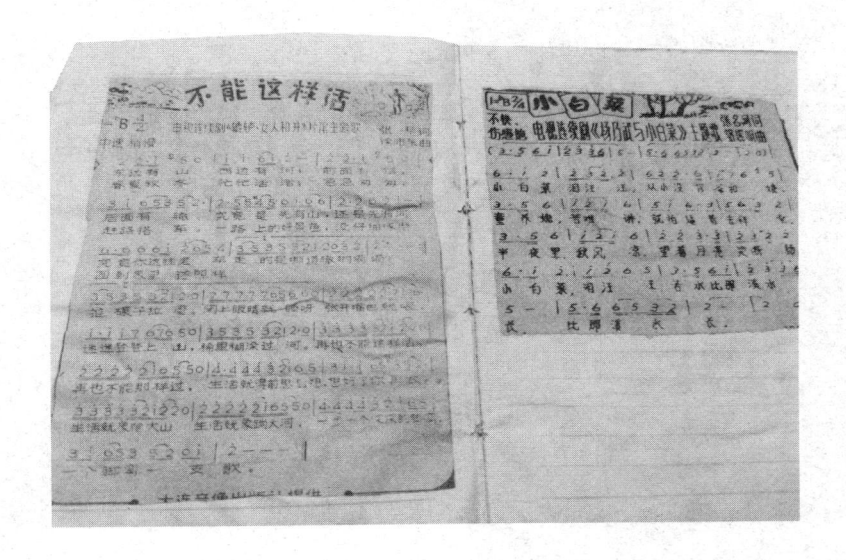

出于好奇，我百度了一下作者，马新朝，网上信息显示他曾任河南省作协副主席，作品不少。可惜信息显示作者已去世。

除了诗歌文章，还会剪些"小常识"，像这块纸片上《世界有几处屋脊》《世界雨极》两篇，算是冷知识。那时候，我对世界满是好奇。现在发现《世界雨极》的作者是广东的"彭继远"，当年大概我也为此人与我同名不同姓而惊奇。那时候的我并不真正知道世界的浩大。

手头这个小小的本子里，另外贴得较多的剪报是歌曲词谱。当年人们听到的歌，多是电视剧主题曲和春节晚会上的流行曲。记得有次上课，弹风琴的音乐老师没带谱，我就把自己贴在本子上的剪纸块歌曲《渴望》给她使用。

往后读高中，甚至工作后，我都有剪贴过，还做过剪贴本。

剪的内容更杂了，社论、杂文、箴言等。可惜都未能坚持下来，贴本也消失了。印象中我老爹有阵子甚至也做过剪报贴报。

网络兴起之前，报纸真是人们获取知识、增长见闻的重要渠道。剪报的意义，正是为了知识的收集贮存。当知识和信息实现数字化，贮存在网络上，人们可以轻松搜索查询到海量知识时，剪报真的就成为一种比较古老的学习方式，或者说古老的爱好。

即使这样，也有人在坚持做剪报。我的同乡羽哥去年约我欣赏过他的剪报本，几大本剪报，裁得整齐、拼得妥当、贴得精致。我感叹，都大数据时代了，仍有人把剪报作为生活乐趣、作为兴趣爱好。我心里却是羡慕：一个和我年纪差不多的"老男人"，做的剪报本居然如此细致！

当然，只是心里想想，没跟羽哥说。

——录于2022年7月

贺年卡

近年因故不能回老家，就让姐姐帮忙，把堆在洛阳老家柜子里的东西整理一下，帮我寄到深圳。很快，收到我的"存货"，一个半大纸箱，里面啥都有：小学时代开始的日记十七八本，初中开始的贺年卡，各种证书、散邮票、老照片、老地图，等等。四十多年光阴过去，人生痴绝处，无梦去穿越。

我的"存货中"有不少初中时代的明信片，我们通常称之为"贺年卡"。1989—1992年间我在杨坡小镇读初中，不管元旦、春节，新年来时，同学们流行送"贺年卡"。

当时我们尚不是很知道，这些被我们叫作"贺年卡"的明信片其实可以贴上邮票，像信件一样寄往外地。我们在乡下，同学们几乎都没什么外面的朋友，我们当时全部的世界就是小镇。

因此，在我们学校，关系不错的同学相互赠送明信片，不用贴邮票，不用去邮局，买来自己喜欢的明信片，写上几句"友谊长存""学习进步"之类的祝福语，直接递给对方就好。收到明信片，必定是欢喜的。可能也有人纠结过某某人给某某人送了，某某人没给自己送，可能还私议过某男生送明信片给某女生，表示两人在谈恋爱……大家年龄都不太大，少年情怀总是诗。

我们也要给老师送明信片，写些感谢、祝福的话，送过去。

有同学专门趁老师不在，通过门缝塞进老师办公室。但印象中更多的是送年画，记得彼时流行一种塑料画，薄薄的一张塑料纸，亮晶晶的，上面多是港台明星大头像。老师收的画实在太多，大约会为此烦恼。

高中时代，"贺年卡"风潮似乎有所消退，可能大家都忙于学业吧，加上转学、文理分班，与很多同学其实有点生分，新年赠送贺卡的事比较少。

1995年读大学后，我们终于有了外地的朋友：多是在异地读大学的同学。新年来临，大家会寄些真正的贺年卡，有的是自带邮资的贺年明信片，有的是装在信封里邮寄的贺年卡。那时的贺年卡高级许多，对折、叠挂、套膜，图案也更加丰富多彩，感觉比初中时代的"贺年卡"有情调和内涵。

工作后那几年，贺年卡更多是种公务交往。很多单位专门定制新年贺卡，不同单位的领导相互送。其实这些贺年卡纯属公务客套，经常连祝福语都千篇一律，不用手写，打印在小纸片上，夹进贺卡里。单位领导每年收的贺卡成堆，都得打包处理。有见到自己喜欢的贺年卡图片，就扯掉纸片，留下贺年卡外壳，我至今留存有几张2002年骏马图像的贺年卡。

外地工作的同学偶尔也寄贺年卡到洛阳给我，知道大家还都安好，彼此记得，我很开心。

不知从哪一年起，不再收到贺年卡，也不再寄发贺年卡。悄没声息，贺年卡就从生活中消失了。新年里，人们已习惯于发微信祝福，连手机拜年短信都寥落了。

翻看手头这些古旧"贺年卡",有的落款人我已记不大清。这么多年过去,我们都见过很多人,走过很多路,总有人会在别人的记忆里退出。所以,我从不刻意去寻找联络当年的同学,对突然冒出来联系我的人也颇觉尴尬。拿现在的流行词来说,我们只是当年的"时空同行者",有曾经共处的美好时光,就已经足够。

——录于2022年7月

租房

　　人活着，大约也就四个字，衣食住行。房子多重要啊，绕不过去，我得讲一些与"住"有关的经历。我的收藏夹里，留有几份租房合同，还有与购房、装修有关的资料，这些都将成为记忆。

　　我先前在老家洛阳工作，住在宽松舒适的家里，离工作单位还不远，比较幸福。那时从没想过租房这档事，也没想过买房。彼时收入太低，购房不现实，单位分房更没戏。特别是当时我还比较幼稚，很理想化，从没想过房子的投资价值这些事。

　　2012年10月我南下深圳后，住哪儿成了头等大事。开始几天，史同学帮我找了个便宜旅店寄宿。可再便宜，它也是个旅店。原单位工资停发了，因入职手续未办妥，深圳这边新单位也未给发工资（持续到次年1月才理顺）。我囊中羞涩，旅馆肯定不能长住。新同事小张帮忙介绍，找到莲花山附近一小区，我与人合租，租一个小房间，每月七八百元，价格尚能接受，离工作地点也近。

　　我签了平生第一份房屋租赁合同，内容很简单，在我看来也就是象征性的。房东是个四十岁左右的东北男子，住在大房间，客厅放了张高低床，有个小伙不时来住，房东说是他弟弟。我住在小房间，一张单人床都把房间快占满了。

　　我是头次与陌生人合住，我早上外出，晚上回去，周末一般也到单位去待着，所以与他们见得不多，大家互不干扰，遇见了，就有一搭没一搭闲扯几句。有次物业来找房东，房东不在，物业问了下我情况，提醒我说：这谁谁你小心点，很怪的。我笑笑，说还好吧。我们虽临时住在同一屋檐下，但仍算是陌生人，他怪与不怪，不关我事。到了2013年元旦前后，单位帮我申请的公租房终于批下来了，我就搬离了这儿，没有任何留恋。

与公租房管理部门签了租赁合同，这种合同大约两年一签，我在那儿住了七八年，留下了四份协议。也是在那几年里，眼见着深圳的房价起飞，知道了"炒房""学区房"等新名词。

公租房属于小公寓户型，面积可能近四十平方米，有小厨房、卫生间、阳台，比较实用。我懒得多收拾，只铺了些地胶，后续又装了热水器、空调。因对深圳还不熟，同事丹丹帮忙陪着去买了些家具，我在深圳的小窝就成了。表妹与丹丹去参观时，觉得还不错，说她们刚到深圳时住的条件很差呢。

房子外围条件不错，在梅林山下，抬脚就可爬山。周边饭店不少，还有社区电影院。上班坐公交车很方便，二十分钟左右就到。

唯一麻烦的是楼下有家饭店，油烟味儿很大。我住五楼，油烟味依然很浓。白天上班，晚上回去，10点前都不敢开阳台门。周末就更糟糕，怕吸入油烟危害健康，饭店营业时段，我多是到山间散步躲避。后来大约投诉的人不少，饭店做了改良，情况略有改善。

我住的是那种"回"字形的楼房，围绕天井四圈全是一间间

> **政策性住房租赁合同书**
>
> 出租单位（下称甲方）：
> 承租人（下称乙方）： 马继远 联系电话：1
> 身份证号码： 42   单位：深
>
> 政策性出租住房是政府为符合条件的本市户籍人员建造的周转性住房。乙方经甲方审核并排队轮候，取得政策性出租住房承租资格。为加强政策性出租住房管理，保证政策性出租住房的合理、有效利用，根据有关规定，甲、乙双方订立合同如下，资信守。
>
> 一、乙方承诺：本人清楚政府政策性住房的租住条件和相关规定；签订本合同本人及配偶在本市无任何形式的住房；在合同期内，如本人不再符合政策性住房住条件，保证无条件将承租的住房退回给甲方；本人承租的住房仅由本人居住庭成员共住，决不转租或转借（包括转借给亲属、朋友、单位同事）；如本人违性出租住房管理规定或本合同约定，愿意接受有关法律、法规、政策和本合处罚或处理，保证不以任何理由提出豁免请求。
>
> 二、甲方将 福田区   房，建筑面积   平方米房租给乙方居住，租期自 2012-12-01 起至 2014-11-30 止。
>
> 三、上述住房现时租金标准为每平方米建筑面积每   元，
>   全届期内租金标准随深圳市政策性住房租金政策的调整而

公租房，住户不少。住久了，认识我隔壁一户人家，一家三口，挤在一间房里，一位老人有时也来住。我也是真心感受到他们生活的不易。我与这家有些来往，多的水果、手头的玩偶会送给他家。后来发现相处有些麻烦，就基本断了来往。

同层有间房里住了个女生，养了许多狗，狗到处拉屎，晚上狗叫声又影响他人，经常被投诉。物业说这女生是爱心人士，收养的全是流浪犬。边上的人就说献爱心也不能影响别人吧。呵，城市大了，什么人都有。

我的房间边上还有间房，租客换了三四拨，来了，走了，也相互没什么往来。

住习惯了，觉得这边挺好的。闲时在住处喝茶、读书、写作，

在家附近还能健身、爬山，悠闲自在，附近美食又多，确实是宜居生活区。看来，人确实不需要住那么大的地方，有一个能容身的小窝就可以。

深圳的公租房管理制度比较严格。我后来在深圳乡下买了个小房子，2018年6月，管理部门就通知因我购买了住房，需要改签合同，我在新房交房后四个月就要退还公租房，之后还可以延续租约一年，但需要提高租金。那会儿我的房子尚未装修，离单位又远，退掉这个公租房不大现实，只得续租。

拖延一年后，管理部门又催促退房，并开始翻倍征收房租。我新房附近的地铁还未开通，上班的话单程一个半小时以上，远得离谱，肯定不适合过去住。当时我还觉得管理部门僵化，不考虑个体情况。不过仔细想想，哪个人没点特殊情况呢？又赖了几个月，到前年10月底，地铁开通了两三天，我就办理完公租房退房手续，搬离这个生活了七八年的屋子。

人生的一段美好时光在这里，还是有些惆怅、感伤。离开前，我将屋子收拾得尽可能干净，拍了几张照片做纪念。也许很快，这屋子就将迎来新的住户。周边的那些半识半不识的邻居，基本上也就从此不见了。

生活大约就是这样，衣食住行，可以再加上几个字，走走停停。

——录于2022年7月

买房

到了深圳,由于周围环境影响,我开始关注房子、股票这些从前根本不关心的东西。作为中国极具活力的一线城市,在深圳,不讨论几句楼市、股市,感觉就有点落伍了。

开始几年,不知道自己是否要在深圳长待,没有特别强的买房意愿。跟着中介看了市内一些房,也到过深圳周边的惠州大亚湾、东莞塘厦去看房。遇到的年轻中介都很热心,忙前忙后张罗介绍,可我心里知道,我看房纯粹是去玩耍,账户上的钱根本不够买房。

想起南下深圳之前,老家有人送行时跟我开玩笑:让你老爸给你拿三百万,在深圳搞套房。当时我根本不知道房子居然可以如此昂贵,三百万也多得不可想象。我讪笑:我爸估计十万都拿不出,他要是有三百万,我都不用出去工作了。在深圳待久了,慢慢知道了房市的深浅,才知道人家开那句玩笑,是因为对深圳、对深圳的房市有所了解。

那几年,谈不上多么省吃俭用,吃喝玩乐似乎也没少,由于深圳工资水平确实比其他地方高一些,加上稿费收入,手上有了一丁点积蓄。熟人买房急用钱,便借给对方三五万周转。有朋友说:老马,别傻了,老帮别人,自己抓紧买房吧!

眼见离开深圳已不现实,年龄大了又确需安个自己的家,终于,2017年5月,在开盘售楼现场火热的气氛中,在中介的巧舌推介下,我不知是头脑发热一时冲动还是别的原因,没怎么看就签了协议,交了定金。

房子在乡下,离市区很远,小区三面被菜地合围,附近不少的村庄、厂房。地铁4号线据说2020年年底延伸到附近,离房子最近的地铁站也要走十五分钟左右。我后来回忆,当时可能是被周边大片菜地吸引了,"草莓园上的物业",这是楼盘当时的一个宣传点。四围空旷、通透,除了偏远,这样的小区给人的感

觉不错。

根据财力和还贷能力，我看过主城区一些老旧二手房，但接受不了那种局促、压抑。当时考虑父母如果过来深圳住，肯定要买带电梯的房子，看的那些城区的老旧二手房几乎都不带电梯。从这个角度考虑，也促使我决定了买下乡下这个房。"现在位置偏远，以深圳的发展速度，以后肯定会起来的。"中介这样说。

看房买房还出了个插曲。我去看房，回单位并没吱声。没想到，在售楼现场却作为背景被人（中介）拍了照发朋友圈，而这人的朋友圈中又有我同事。然后，我买房的事大家就都知道了。知道了也没关系，我买房的目的就是为了居住，一点没有炒房、投资的想法，真不擅长那个！

过了些天又过去，交首付，办贷款，签协议。心里有些悔：这房子，真是偏远。地铁呢，还远在三年后的2020年。周边呢，民房杂乱，不是成熟社区。有点忐忑，买错了吗？可无论如何，未来，在"宇宙中心"的深圳龙华，在地球之上，有一个属于自己的小窝，总该高兴点。还有，房贷告诉我，国家可能再收紧房贷，利率再上调。买了就买了吧。

2018年年底开发商通知交房前后，业主因为对楼房大堂出入口等一些公共部位的设计、外墙装饰、地下车库等不满，又开始了投诉。我那时算见识了业主维权的劲头和力量，也见识了业主为了一些权利开展的明争暗斗。深圳因为多是外来人口，人们的权利意识、法律意识可能更强，但同时人们似乎也比较自大，很难认同和服从别人。

一切维权风波最后都平息了。收房之后，因我租住的公租房已开始被催退，2019年3月就着手装修，6月房子装修完成。但人生无常，当年6月，母亲不幸过世。我购房的最大动力是为了让父母南下生活，不想却没有实现心愿，这将是我一生的遗憾。

当年10月，我大概收拾下，搬了进去，因地铁未通上班不便，只在节假日和周末过去。直到2020年10月底，我退掉公租房，彻底住进去。

住自己家里的感觉当然极好，那是一个完全属于自己的空间。待在自己舒适的小窝里就是莫大安慰。每天地铁往返上下班，回家后一天的疲劳烦恼就全抛光了，这是家的好处。

尤其，有房有家后，漂在深圳的感觉就淡了，我也算在深圳扎了根。

有朋友问我她要不要在深圳买房，现在投资买房会不会被套进去。我说买房要根据自己的需要、能力来，别老想着房子会不会升值。我买房纯粹出于生活需要，买在偏僻乡下是因为我的经济能力就那么大，面积就那么点是因为我每月还贷能力刚好可以承受又不影响我的生活质量，所以我觉得一切都挺好。

——录于2022年7月

装修

我买的是毛坯房，收房后需要自己安排装修。买房难，装修更难。曾看到过夫妻因装修闹得不可开交的新闻。自己的窝，总想尽可能装修得尽善尽美，但想法与现实总会有差距。

看房或买房时如果留了姓名、手机号，就基本等于手机号已被公开。各种电话，先是推介房源的，提供优惠贷款的；待交房收房后，基本上是想承揽装修的，推销建材的；再往后，就会问房子有没出租或出售打算的。个人电话、房屋信息被兜售，早已不稀奇。手机接到的中介推销电话，往往已被标记为骚扰电话，提醒谨慎接听。

虽然不感兴趣，但我仍然参加了几场装修推介活动，想想还挺有意思。推介会通常提供水果糕点，业务员激情介绍，讲规划设计理念，讲装修材料选择，中间可能还穿插砸金蛋之类的抽奖活动。结束之后可能是一对一沟通拉拢，规模更大的装饰公司还可能领着客户去看各种装修材料。

我那几年偏财运似乎不错。有次参加装修推介会，抽到一套茶具，当然是比较廉价的那种，不过能有个好彩头，还是特高兴。有次去会展中心参加名品家装节，凭购房合同领了百元现金。茶具不贵，钱不多，图的只是开心。

这些推介会上做的装修方案，价格都比较贵。自惭形秽，觉得我那乡下的小窝，配不上这么高级的设计和装修，于是作罢，不再搭理那些热情的装修公司的业务员。

同事介绍了柳总，说是给他和另几位都做过装修，人老实，干活踏实。见面沟通了一下，我觉得可以，就请柳总看房报价，准备开工。

我是那种典型的不喜欢操心的人。尤其对装修这种自己完全不懂的事。与柳总商定由他全包，我只讲了下大概想要的装修样式：简单、明亮、空旷，还有对地砖、门窗颜色的选择。我也跟柳总说明，他需要赚取多少利润直接跟我讲，万没必要在材料上做手脚来赚取利润。

当年3月20日，柳总说今天日子不错，装修就开工了。他希望我过去，毕竟开工也是大事。我那时忙，没过去。非但开工没去，装修过程中也只过去了一次，因为离得远确实过去不便，还因为家里当时出大事了，而且个人去了也看不懂什么。后来，我请柳总和他的施工队友吃了次饭，算是补上开工宴。

有人说我：别人装修都恨不得天天在那儿盯着，你这可真是心大啊。我是真的不懂装修，又有点懒，相信专业的人干专业的事，就非常信任地把选材料买材料施工等事情全部推给了柳总。装修完成后柳总邀请我过去看，装修效果真的令我眼前一亮。

我与柳总建立了非常好的朋友关系。再往后家里配置桌椅、沙发、空调等，也多请他帮忙。我对这些事真的是一头雾水，如果自己去采购、接货、安置，估计累得够呛，也未必能做好。

家里入住后感觉可以。到我家里的亲朋都觉得家里装修得不错，简约又清新，面积不大但空间都利用得很合理。

可能我"佛系"，又遇到人品很好的装修师傅柳总，装修这档事轻飘飘就完成了。

——录于2022年7月

获奖证书

我的收藏夹里存有一些获奖证书，是我参加各类征文比赛获得的。

作为业余写手，我比较喜欢参加各类征文大赛。看到征文启事，会掂量一下自己是否适合参加，特别要看奖金有多少。如果有合适的素材，又有参加的冲动，我都会写个命题作文投稿参赛。很幸运，我拿过各种名次的奖项，得过或多或少的奖金。

文无第一，得奖的文章也未必真好，不过应该也不至于太差。每次参加征文如果我有幸拿奖，必定高兴，这是那些不认识也不知道是谁的评委对我的肯定啊！

人要淡泊名利，但偶尔得到些外在的肯定，还是会让人产生心理满足感。读书的时候，我们用实打实的考试成绩证明自己的实力，客观、公正。到了社会上，评价一个人就夹杂了太多不客观不理性的因素，大多情况下，个人也无能为力。日积月累，自信心和自我评价都可能下滑。参加征文获个奖，一定程度上可以增强自我认可。

征文奖金必须是考虑的选项。我知道很多人都有以稿费为生的念想，有人还发给我几篇他的习作，向我打探他如果辞职能否靠写稿生存。我立马否决，劝他安心工作，把写字当爱好。稿费

标准有多低，普通写作者都知道。除非是顶级大作家或畅销书作者，普通写作者想靠稿费生活绝非易事。

一篇稿子的稿酬或许只能请人吃碗面，征文如果得奖，奖金高于普通稿酬，就可请人下馆子吃几个菜喝几口酒，何乐不为呢？所以，我一直认为参加征文比赛，是件很有乐趣的事情！写东西的目的是什么？不就是找乐趣吗！

看到有位年纪不算太大的写作者不幸离世的消息，遗憾。难过之余，也在想，写作者难道不是最应该尽可能乐观健康地活着，然后把正面的心态、健康的生活方式、强盛的生存能力，通过文字传递给更多的人？

余光中说："如果要找旅伴，李白不负责任，杜甫太苦，我要找苏轼。"从生活态度方面，我最喜欢苏东坡，无论境遇如何，他都豁达积极，把日子过成了段子。无论什么人，保持身心健康，在自身能力范围内，去尽可能多挣些钱，让自己过得更好，这并不丢脸。

写个小文章，发个豆腐块，编个打油诗，算是什么高级能耐吗？我觉得从前或许是，在文化普及后就不是了。只要学校毕业出来的，谁还没写过"小作文"？适当练习，熟能生巧，可能也并不难。

始终觉得，写作就是一种普通表达方式，没有多么神圣。写者能准确写出自己的观点想法，能抒发释放自己的情绪情感，就很完美，不需要人人都成为懂得赋比兴的文学家。写点东西，玩玩自媒体，都是生活的一种乐趣和调剂。

这篇《我们的深圳》，前面也有提到，一开始我先参加了个征文，未能入围。后来我又投出去参加广东省委宣传部主办的"我与特区40年"征文，有幸得了三等奖。得奖了高兴下，不得奖也没损失啥，就这么回事。像这种纪念特区40周年的重大活动，参加征文得个奖，对咱普通人，还挺有纪念意义。

附上小文《我们的深圳》。因为懒惰、年龄增长,这是我最近一次参加的征文活动,都过去两年了。

我们的深圳
——转自2020年9月16日《深圳特区报》

八年前,决定到深圳工作时,我直接遭遇了一场改革。

当时,我已在老家的基层政府做公务员多年,厌倦了一眼便看到底的生活,我决定离开。顺利通过深圳这边的公务员选调考试后,我在感叹深圳政府机关灵活的用人机制、高效的招录程序之余,也有着深深的担心。深圳因先行在全国推行公务员聘任制改革试点,我到深圳后,身份要从没有后顾之忧的委任制公务员转变为实行合同管理的聘任制公务员。通俗地讲,就是到了深圳,虽然我仍是公务员,但工作不再那么牢靠,"铁饭碗"要变成"瓷饭碗"。

对于南下深圳,对于劳动合同,我并不陌生。早在20世纪90年代,"孔雀东南飞"、打破"铁饭碗"之类话题就充斥在影视剧和新闻里。业绩、绩效、竞争、优胜劣汰等职场法则,我也极其认同。但当这一切突然降临到自己身上,需要做出抉择时,我发现凡事只要涉及生存"饭碗"问题,抉择并非那么容易。多年机关生活养成的思维惯性、传统求安稳的心态、未来的不可预知、周围亲朋好友的劝阻,都一度让我犹豫不定。还好,转变旧有生活状态的信念,深圳的吸引力,还有我对自身工作能力的些许自信,最终促使我下定决心离开故乡,来到深圳。

我与改革开放同岁,在改革开放的春风中出生、成长、上学、就业，一步步从儿时走到青年，又从青年走到中年。改革开放对我来说似乎早已司空见惯，教材里、媒体上、文件里每天都在讲，国人生活也都因改革开放而受益。改革开放又似乎遥不可触，它毕竟是宏大命题、是时代潮流，我们普通人更多的都是被裹挟其中而已。经历此前面临的公务员身份类型变革，到了深圳这座因改革开放而兴的城市，我发现改革开放变得极其逼真、极其具体，那些推动改革的人员、具体的改革事例，就近在眼前。

在一个直接面向群众、为群众办理证照的政府服务机构工作，我原以为需要处理的业务很简单，后来发现，即便这样一个服务机构，每天都在提改革、推改革。为让群众办事更方便、更舒心，政府服务方式要与时俱进，于是，在现场面对面服务外，要把服务搬到网上，要让群众能够网上办事，能够划划指尖在手机上办事。服务流程需不断优化，以让群众办事更高效、更快捷，于是，像银行取款机取钱那样在自助终端上自助办事、无须等待即可拿到审批结果的"秒批"改革等举措相继推出。这些改革，必然深刻影响到深圳的每一个办事群众，也激发群众新的需求。群众需求无止境，改革的道路就没有终点。刚来深圳工作不久我就感叹，短短几个月时间听到的"改革"、讨论的"改革"，远远多于过往十多年时间听到的、讨论的。而当改革成为日常生活和工作的一部分，改革也变成了一种习惯，不再突兀、抽象，只有自然而然。

深圳潜移默化带来的改变，还有人的思想、心态、生活方式。我不是那种追求时尚的人，最初来深圳时，我用的手机还是老式功能机，并非因为经济原因，只是觉得没必要，手机能通话发短信就可以了，要那么多功能干吗？朋友说，你可是在深圳啊，腾讯在深圳，小马哥开发的微信那么好，你居然不用！确实，周围的年轻人都用智能手机，我再不升级，与他们交流都有障碍了。外在环境促成改变，我换成了智能手机。几年间，从3G到4G、5G，手机功能越来越多，移动支付、共享单车、银行转账、住宿订餐、网络购物……衣食住行统统可以在手机上搞定。体会到信息化、智能化带来的便利，我对信息技术不再心生抵触，而是提醒自己，应该转变思维，跟上潮流，积极掌握手机上那些新应用。其实一切并没那么复杂，正如智慧城市所倡导的，越傻瓜、越智能，如果傻瓜都能操作，我肯定也能学会。

深圳作为移民之城，一句"来了就是深圳人"，让多少"深漂"一族心生暖意。每个来到深圳的人，都不会感到城市陌生，不会觉得被排斥。城市虽然很温暖，生活却总归是自己的，当故乡变成了他乡，在深圳生活，一个人总要去面对生活压力，面对孤单寂寞。不知道是否是这个原因，深圳各种志愿者、户外、读书之类团体特别多，一个人只要心态开放，不自我封闭，走出去，总能找到志同道合的群体，生活得充实而多彩。遇到挫折和不堪，深圳有很多现成的励志人物可以学，想想那些著名改革者、创业者筚路蓝缕的艰辛、愈挫愈坚的意志，对比他们，自己遇到的小困委实不算什么了，那些所谓的刁难也足可忽略。走在深圳街头，我经常为市民脸上展现的自信、友善而感慨：唯有一众心态开放、包容、进取的市民，才塑造出了深圳海纳百川的开放气势吧。深圳经济、社会方面毫无疑问是开放的，而最重要的开放，则是深圳的市民心态。

据说，不熟悉的深圳人见面聊天，最爱问的是：你哪里人？什么时候来的深圳？我来深圳不过八年时间，相较于深圳特区建立四十年的时间，有点短暂。不过，数年间，我仍然感受到了深圳发生的翻天覆地的变化：深圳正在建设中国特色社会主义先行示范区，粤港澳大湾区的核心增长极，深圳的第一高楼从京基100大厦变成了平安国际金融中心，飞机场航站楼从T2变成T3，地铁线通了好多条，公园更多到深圳成了"千园之城"，三个新区变成了行政区，前海自贸区成立后发展迅速。当然，深圳房价也居高不下，小汽车车牌拍到快十万了……这是新时代的深圳，是改革开放的深圳，日新月异，气象万千。虽然深圳也经历过改革开放的阵痛，也有城市发展的短板，但我们有理由相信，深圳的一切会更好。

人无法选择自己所处的时代，不管它是好是坏。能够正好生活在改革开放这样一个大时代，我们唯有庆幸，它让我们得以领略中华民族伟大复兴之格局和气魄；能够在深圳这样一座改革开放之城工作生活，则更加幸运，它让我们得以亲身感知中国改革开放之脉络和荣光。来深圳数年间，我喜欢写些关于深圳的小文，记录自己的所见所感，内容涉及自然万象、社会百态等。2017年8月，结集出版了散文随笔集《在深圳》。2019年10月，该书获得第十届深圳青年文学奖。至于书写深圳生活、出版《在深圳》一书的原因，是我觉得，在深圳这样一座蕴含着改革开放基因的城市，我们不应当只是被时代潮流裹挟向前，而应该做改革开放实践的参与者、亲历者、记录者。

毕竟，这里是我的深圳，也是你的深圳，更是我们的深圳。

——录于2022年7月

牡丹花会

"洛阳牡丹甲天下。"家乡洛阳最为出名的城市名片之一，当数牡丹花。

我生长于洛阳下辖的洛宁县偏僻乡下，读小学时对洛阳知道得不多。经历过那个年代的人都知道，城乡二元，交通不便，生活清寒，乡下能到县城、到市区里去的人寥寥。印象中父亲带我去过一次洛阳，留下的则是不太美好的记忆。

洛阳是什么时候才在我眼中鲜活起来的？是20世纪90年代初在杨坡小镇读初中时。小镇中学的老师们，属于镇上的文化人、"公家人"。我那时混沌未开，对世界完全懵懂，老师们的衣着、生活、气派，在我眼中完全是洋气的、新潮的、高级的。

某个春天，春暖花开，春情萌动，同学们传言，学校组织老师们去洛阳赶牡丹花会去了。洛阳牡丹花会，就这样进入了我的心中。

从小镇去洛阳，依当时的交通条件，我估摸坐车得五个小时以上。好像早上天未全亮，老师们就乘车出发了，回来的时候，都夜晚了。我怎么知道的呢？应该还是听到同学们的议论。

能去洛阳赶牡丹花会，毕竟是件大事情。老师们有时候会给我们这些未见过世面的学生提到"洛阳植物园""王城公园"，神情略显得意。

好像后来，学校还组织老师们去过北京。我依稀记得有位老师说的：人家北京的公厕，比咱有的人家里都干净。同学们都笑了。后来到了城市见过些世面后，想想，老师说得确实没错。当年，城市和我们的差距，确实有那么大。

洛阳牡丹花会始于1983年，我自己留存的牡丹花会门票，从1992年第十届开始。早年的花会门票或宣传折页，我应该是收存过一两张，可能是从村里去赶过牡丹花会的人那儿要来的，图案是尊白色的牡丹仙子塑像，可惜已经丢弃了。

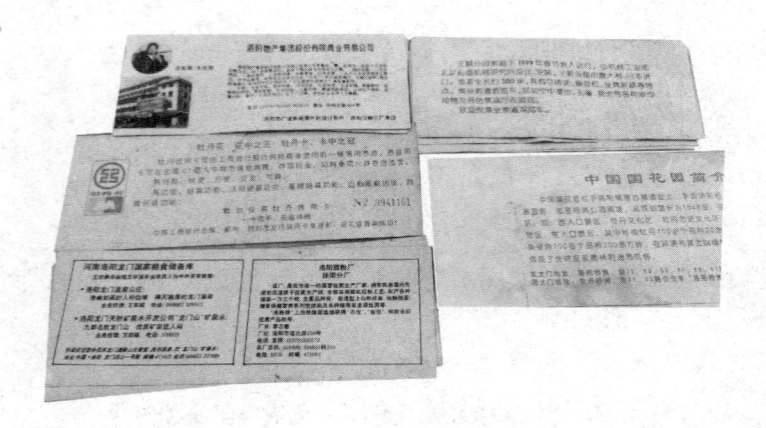

到了1993年春天,我在小城宜阳读高中,学校离洛阳市区比较近。周末,姐姐姐夫说带我去赶牡丹花会。只记得当天阳光很好,城里的行道树非常绿,王城公园里的人非常多。

牡丹花美不美,年少尚不懂欣赏。到了洛阳这样的大城市,到了花会,满眼全是人。然后姐姐说看到了村里谁谁谁和新找的男人一块儿,牵着手。那时候,觉得公开场合牵手都是件时髦的事情。

当天拍了些照片,我拿着一把在小摊贩那里买的宝剑,摆了些姿势,傻乎乎的。见到照片后,我嫌难看,我一个堂伯看了,说:好,挺好,人就是要啥样子都有哇。

在洛阳城生活那些年,我早不觉得牡丹花会新奇。牡丹花生在街边花圃,花开的时候,天香满城。街上涌动着很多外地到洛阳看花的人,每年花开时节,都是洛阳的高光时刻。

牡丹花会当然是越做越大了，从门票上就能看出，最早是"洛阳牡丹花会"，后来变成"河南省第×届洛阳牡丹花会"，再又变成"中国河南洛阳牡丹花会"。那些年，还有种提法，洛阳牡丹花会、小浪底观瀑节、河洛文化旅游节、伏牛山滑雪节，并称为洛阳四大节会，贯穿一年的春夏秋冬。牡丹花会的名称也变了，有时候大约叫"牡丹文化节"。不过我们都还习惯并喜欢叫它"牡丹花会"，看花就是去"赶牡丹花会"。

离开洛阳后，洛阳渐渐成为故乡，牡丹就成为乡愁记忆。周围的人每年都会说：老马，组织去洛阳看牡丹吧！说得多，成行的却没有。连我都十年未闻牡丹香了。

今年是2022年，洛阳牡丹花会已经举办到第四十届。整理票证的时候，生出个念想，想集齐这四十载的花会门票。在孔夫

子旧书网上搜索一番，发现了一些早期的门票，也不贵，一张三五元钱，如果加上邮寄快递费则快二十元了。

　　觉得好笑，邮寄快递的费用倒超过了网购物品的价格。出于执念，还是下了单。有店主打电话给我，说他手头有不少门票，等他整理一下统一快递给我，这样我可以节省些运费。来电人是洛阳的，老乡还是厚道哇。

　　这些门票确实不值钱，从价格上看，收藏的意义不大。但如果能集齐历年的牡丹花会门票，我觉得蛮有意思。

　　"味无味处求吾乐，材不材间过此生。"辛弃疾的词里是这样说的。

——录于2022年7月

解放路

大学毕业后待在洛阳的那些年,我主要往返在洛阳市区和宜阳县城之间,因为我每周末都要回宜阳县城。我在解放路边一栋楼上工作,乘车极其方便。票价不贵,记得一般是三元钱,后来听说可以和售票员讲价,因为乘客少,客车多,售票员担心拉不到客人,客人讲价后就会妥协,有人说他曾经花一元五坐车回了宜阳。票价贵贱没什么,让我不适的是车上的小偷,好像那几年,小偷特别泛滥、猖狂,我在车上曾被割过一次衣兜,还好没丢什么钱。后来,车上装了监控,另外可能经济条件整体变好了,小偷也从车上绝迹了。

曾经我留有厚厚的一摞汽车票,后来扔掉了。还好夹子里存有几张旧汽车票,也有二十多年了。

回忆洛阳,想到解放路,我首先想到的是这幕场景:春雨霏霏,路灯灰黄,一对年轻的俊男靓女,在解放路唐宫西路口大声争执,女生哭诉、撕扯,男生突然给了女生一个耳光,然后抱着女生失声痛哭。

作为路人,无从知道这对男女缘何夜晚在街头如此相爱相杀。应该是对恋人吧,发生争执是因误会,还是别的都不可知。许多年后,我还能记得这个小事,纯因当时见识太少。两人争吵的腔调高低起伏,路灯衬托的橘黄夜色,侧目而过的路人,一切的一

切，太像影视剧，却发生在洛阳的解放路，实在叫我觉得有点超现实。这样的场景，感觉与解放路不太搭。

二十年前，解放路与洛阳当时的大多数街道一样，土气、暗淡、乏味，热闹时尚的新都汇步行街尚没有出现。我依稀记得当时那个地方是排破旧房子，小天鹅大楼耷拉着脑袋立在路对面，层层小窗户望过去都是整齐排列的黑洞。往北，空气里弥漫着啤酒花的味道，啤酒厂生产的"洛阳宫"啤酒是洛阳人吃烧烤时的首选。路北头是洛阳火车站。那时没有高铁，对于大多数人，飞机也是只能仰望而没有机会乘坐的奢侈交通工具，火车便是人们远行的重要工具。火车站广场上，早晚人流不断，揽客叫卖声，广播喇叭声，火车的叹气声和鸣笛声，往来旅人的嘈杂声，总让人觉得环境杂乱、浑浊，广场周边闪烁的霓虹招牌，魅惑、迷离，带着一种奇怪的不安全感。好在除了出远门或接人，一般人平时也不需要到火车站去。

在洛阳，街头最常见的树是法国梧桐树，但解放路旁的行道树是槐树，这算是一个特色。那些槐树并不开槐花，它们春天发芽，夏天浓绿，秋天落叶，冬天光枝。树不算特别高大，但也不小，作为行道绿化树正好。这样的行道树，一点不吸引人，人坐车顺解放路从北到南，对树不会有太多印象。路南头是横跨洛河的牡丹桥，通向洛河南边，南边的洛阳新区大开发尚没有起步。

解放路算是市内交通要道，从洛阳往洛宁、宜阳、卢氏等县去的客车，从火车站边上的汽车站开出来，都要走这里。搭车人图方便，断不会再专门到汽车站去乘车，就站在解放路边招手拦车。除了春运期间，寻常日子的客车上没多少人，为争抢乘客，车上售票员都要大声招揽乘客，通常是沙哑的女声，拖着长音，不停地喊"洛宁洛宁""宜阳宜阳"，揽客叫声在解放路边的楼上都听得很清楚。有段时间，客车还在牡丹桥头扎堆停靠，等客、捡客，便有人专门在那里赶着客车快走。

光阴平淡而日常，跟解放路上来来往往的车流人流没什么两样。我在解放路认识了几位新朋友，比较投缘，隔三岔五大家就轮流做东出去吃个小饭喝个小酒，偶尔打个扑克唱个歌，或者到野外郊游看山看花，闲扯乱侃打发时光。哦，在解放路上路过时一块儿看到那幕超现实场景的，就是我和我新结识的几个朋友，我们那天晚上吃了潘家园的牛腩火锅，衣服上火锅味儿未散，嘴里都带着点酒气，我有点小晕，为了解酒，半逗笑半当真地按土办法说的喝了点醋，嘴里应该有点醋味。酒色迷离间，我们便看见了解放路上平常难得看到的一幕，然后我们还热烈批判了男生动手打女生的行为。拿现在流行的说法，我和我的新朋友们就是"小伙伴"，我们看街头男生女生吵架就是在当"吃瓜群众"。

虽然那时我们都年轻，结下的友情倒很牢固，"友谊的小船"一直平稳，多年之后再见，依然可以把酒笑谈。

恍惚着，转眼到了2004年，街上突然到处飘着刀郎的声音，《2002年的第一场雪》《冲动的惩罚》，歌声里很有故事。不用专门去听去学，跟着路边音像店的音响就会哼唱了。伴着刀郎的歌声，我眼里的洛阳好像一下子亮堂起来，解放路也是，路边的槐树都变得特别清爽碧绿。平时逛街不必非要去百货楼、上海市场了，解放路附近的王府井百货，看着挺高大上，新都汇步行街更是吃喝玩一条龙。啤酒厂出了一种新牌子啤酒，名字怪怪的我都不记得了，只记得大家点酒时会说一句"要老洛阳宫啤酒"，看来，人的口感也念旧。牡丹大桥南边，新区建设如火如荼，解放路上的车流更密了。

几年下来，我彻底融入了洛阳，随着光阴消长，年轻时的想法也少了，便没心没肺地过日子，专注吃喝。解放路一处老旧小区外面有几个摊位，早上有人卖鸡蛋煎饼，在家没吃早餐的话，我就到那里买煎饼吃。一个煎饼开始1.5元，后来涨到2.5元，卖煎饼夫妇说是东西都在不停涨价，政府的人都加工资了，他们的煎饼自然也要涨价。我早上习惯喝汤，但怕上火，一般一周两三次。跟一个哥们儿去纱厂南路那边喝过，当时那里还是旧厂房，有家汤馆开在里面，很多人去喝，那哥们儿喜欢往汤里加姜末，说是"早吃姜，胜参汤，晚吃姜，赛砒霜"。我到八一路去喝过鲫鱼豆腐汤，汤馆也是开在一个大厂棚里，喝汤的人同样很多，豆腐汤配油饼，饼吃起来软绵香腻，汤喝着鲜美滑润，算是一家不错的汤馆。这些汤馆随着厂房拆迁也就消失了，我们就在解放路周边找其他汤馆喝，到牡丹桥东下池去喝过一家牛肉汤，味还不错，人更多，排长队，去过几次，就没再去了。别的汤馆味道很一般，印象就不深了。

那时我下定决心开始增肥、锻炼，让自己单薄的身体强壮点，于是开始有意多吃肉。早上去解放路吃煎饼的地方，傍晚有人在那里卖卤肉，我就不时买些卤猪肉来吃，不过还是觉得肉肥。煎饼摊不远处有家小店，一对中年夫妇用炉火打烧饼卖，生意特别火爆，买几个烧饼往往要等好一会儿。通常是男的在打饼，女的负责收钱。那男的打馍手艺不错，在铁板上抹点油，先将生面饼贴上去烙定型，再将饼放进煤火炉灶膛，盖上铁板又捂又烤，出来的烧饼焦黄干脆，热气腾腾，还带着股发香的煤烟味。这样的烧饼，直接吃最爽，我拿这烧饼夹了卤肉，便是很不错的肉夹馍。那时年轻，这样吃下来，没用多久我就变胖了，身体结实不少。市里后来为保护大气环境，禁止烧煤炉，卖烧饼的夫妇换成了电烤箱，做出来的烧饼便少了点味道。再往后，他们不卖烧饼了，小店改成了蔬菜店，卖菜卖面条，生意好像一般。

关于解放路最刻骨铭心的记忆，还是2008年的汶川大地震，在那之前，我对地震一点概念都没有，总以为那是比较遥远的事情。我在十楼办公，那天下午上班没多久，我忽然感觉一阵恶心，以为是外面刮进来的风引起的不适，就起身把窗户关上。然后有位同事跑进来问我是否地震了，有没有感觉到楼在晃。我刚说怎么可能，就看到墙在左右摆动，吓得我和同事赶紧弯腰往桌子下钻，当时我心里恐惧至极，想着难道生命就这样结束了？待稍微安定，我们冲出办公室，也不敢乘电梯，直接从楼梯往下跑，腿都吓软了。外面街道上已经站满了人，都在仰望、议论。很快，网络上就出现四川地震的相关消息，我们极其震惊。同事后来说，我当时吓得脸都白了。回想起来，确实是恐怖！相比那些被大地震夺走生命的人，活着的人真的已经很幸运。一场巨灾，让我伤痛，也让我直接感受到了生命的脆弱和无常。过了没几个月，单位搬迁了，我就不用每日到解放路去了。

粗算起来，我在洛阳工作十二年，在解放路的光阴占去了八年，解放路边的槐树增加着年轮，我增加着相应的岁数。现在使劲回想，随单位搬迁离开解放路时，我确实未曾生出什么留恋或伤感之情。城市里，谁会因为离开一条经常走的路伤感呢？个人就跟一只蚂蚁似的，浮在树叶上，树叶在城市汪洋里漂浮，离开一道街，进入另一道街，对个人并没多少影响。

现在再回头看，在一座城、一道街、一条路上走过的光阴，都是个人生命的一段历程。街景变迁，记忆消磨，对于个体生命，那些碎碎念，那些心魂惊，多年后依然能够记得的，委实都弥足珍贵。

——录于 2019 年 1 月 17 日

学生证

非常意外，我居然发现自己还保存着洛宁一高的学生证。

高一上学期，我在老家洛宁就读县一高，留下了这个学生证。那时候没机会坐火车，没机会外出旅行，学生证似乎没多大用途。现在，倒可以借此让我回忆下1992年9月后那小半年的时光。

初中升入高中，世界又变大了一点，到了洛宁县城读书。

洛宁是个非常有历史文化底蕴的地方：相传，洛宁是"河图洛书"中"洛书"的出处，这里还有"仓颉造字""伶伦制管"等传说。唐代诗人李贺的老家昌谷，就在从我们杨坡小镇流下的连昌河与洛河交汇的三乡。当代比较有名气的洛宁籍文人，就数作家张宇了，我那时看过他的小说《活鬼》。

当时，我虽然已是高中生了，但尚未开始发育，还是个瘦弱的小不点，个子属于坐教室第一排那种。

那时我完全没有什么独立生活能力，初中时基本上是在小镇上跟着姐姐过，到了县城，自己生活，极其"蓝瘦香菇"。

有件事至今还被姐姐姐夫提起：他们当时到学校看我，我边走边流泪，还用手指划拉着校园围墙。还有就是，大姐说我个子当时才到她肩高。她个子不高，可以想象当时我有多矮。

彼时吃学校饭堂，要用钱买饭堂的饭票，好像也可以交粮食换饭票，这个记不清了。饭菜质量必定不怎么样，我这会儿都记不起在饭堂吃过什么。天冷时，早餐我们有时会出去喝凉粉汤，"洛宁凉粉汤"味道不错。中餐晚餐有的就找饭店吃碗肉丝面。

没有住校，姐夫刚巧在学校附近的医院楼上租了个小屋子，就让给我居住，也易于我学习。我那时就喜欢乱写，在日记中写了个"小屋系列篇"。

同学校的堂哥过去与我合住过几天。我们性格差别实在太大，我性格比较急，当时又小又任性，堂哥忍受不了就又搬回了学校。这位堂哥很优秀，高中毕业参军，后又读了军校。部队转业后，在河北一个县当领导，是我们家族的骄傲。

住在小屋还出过一次危险。冬天小屋里烧了煤球炉子取暖。有天早上，我"咯噔"一下醒来，发现天已亮了，屋子里有股煤烟味。冬天天亮得晚，正常应该天还黑的时候就去学校晨读了。"迟到了！"我那时上学非常守规矩，没来得及多想，慌张着就跑到了学校。进教学楼时碰到了班主任郭发魁老师，他问我怎么迟到了。我说我好像煤气中毒了，就跑上了楼。

到了教室才感觉自己真是煤气中毒了,四肢无力,呼吸困难,恶心,脑袋里似乎血管撕裂星火乱飞。我趴在桌子上迷糊了半堂自习课,才有所缓解。

知道煤气中毒的严重后果后,这事经常让我感到后怕,一个人在小屋,万一睡过去了那不就完了吗?那天怎么就"咯噔"一下醒来,自己救了自己?

洛宁城当时有老城、新城、王范三块。老城在学校东边不远,听说还有城隍庙等古建筑。我胆小,没去看过。

城西边有个"闯王坡",坡顶有棵非常粗的树桩,叫"闯王柏"。这地儿是县城边上的制高点,传说李自成攻打永宁(洛宁古称)县城时站在上面观察过地形。我与班里同乡的几位同学去爬过闯王坡,讨论构思过一些振兴中华的理想。

城东边有凤翼山,其实就是一道土岭。好像学校组织去做过一次什么劳动,记不清了。

我头一次进公共澡堂洗澡,是跟一位同学一起去的。澡堂里面人不多,但我也被吓到了。许多年后,听过南方人到北方进公共澡堂被惊呆的笑话,现在才想起我头次去公共澡堂也是被惊到过的。

我高一上学期的生活大约就是这样。至于当时的同学,除了从乡里的初中一块儿进入县一高的几个,其他的真记不起来了。我的习惯来看,我也必定不会去寻找联络那做了小半年同学的"时

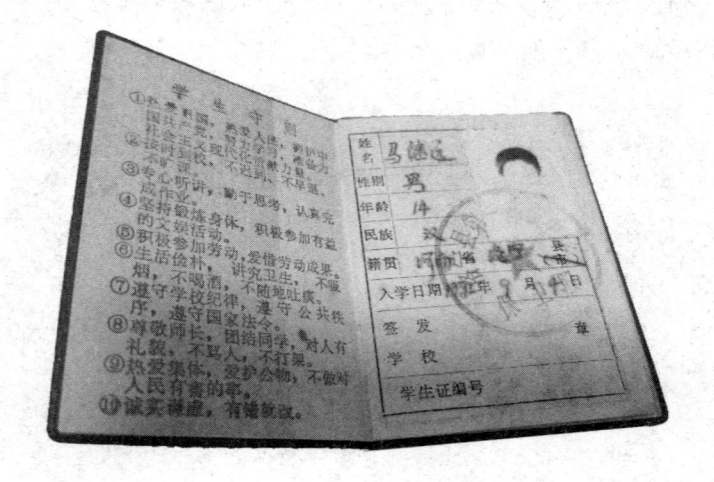

空同行者"。

能记起的老师,似乎就是班主任郭发魁老师。姐姐去看我,我在校园围墙边流泪时,郭老师恰好经过。煤气中毒迟到那次,上楼也碰见了他。

郭老师当时可能五十多岁了吧,他教我们代数,人比较和蔼,但我与他也没有过多来往。

其他能记得一点的,是位来学校实习的语文代课老师。这位老师是信阳人,大约不适应我们豫西的饮食和气候,在课堂上经常会宣泄不满。

那时候同学们大都不会也不讲普通话,我们洛宁的方言口音又很特别，比如"水"，我们是发"sēi"音，"喝水"说成"喝sēi"。别人问"是不是"，如果"是"，我们会说"zōu是"。这位代课老师就在堂上批评："是就是，不是就不是，什么叫zōu是！"

现在想想，有点好笑，又觉得老师这样不太妥。

平时我也不很出挑，成绩倒还过得去，学期期末考，我总分考了全年级前五名。放寒假期间，父亲说要帮我转学到宜阳县一高，觉得那个高中质量好一些。我就与洛宁一高别过，自此再没见过当时的老师、同学。

转学到宜阳这边的高中后，由于两所学校课程进度不一致，不大适应新环境等，那学期我成绩直接掉队，直到高二上学期期末考试才拿到了不错的名次。

从小到大，包括现在，我长得都不是那种聪明伶俐甚至精明干练的形象。有位老师就说：这孩子看着有点迷！这个评价挺精准的，因为我刚参加工作后不久，好像有人也这样评价过我。

被人说"迷"，我觉得也没关系呀。每个人身体发育有早有晚（我到大学了还在长个子），心智开启有早有晚，性格有外露与内敛，对新环境的适应速度有快有慢，对所谓的精明有屑与不屑之分，交际能力更可能有天壤之别，只要心地善良、心镜明朗，别人爱说尽管说去，那只是他眼中看到的你，不会妨碍你努力成长，开花结果。

高三下学期，洛宁高中的郭老师托我熟悉的颜同学给我带了封信，希望我回洛宁去参加高考，大抵还是希望我能给老家县高中争取点高考成绩。我回绝了，说这边学校肯定不让回。

算一算，这段在洛宁的读书时光，整整过去了三十年。《学生证》上的黑白头像都看不大清了，照片上的我显得更"迷"了。

——录于2022年7月

烟盒

我从前的那些"收藏品",很多已经没有了。小的时候,不会想三四十年后的事,不知道自己人到中年时还要回望这些东西。中年对于小孩子来说,太遥远了。

那时候,不可能活得如现在这么"肆意",买来收藏夹,把东西齐整地收纳起来。所以呢,像小学时代收集的花花绿绿的糖纸,都已经无存。

当年我收集过很多烟盒。这个不用怀疑,和我年纪差不多的人,小时候或许都有收集烟盒的经历。准确地说,是烟盒纸,正规名可能叫烟标,我们那时候不懂,就说是收烟盒。可惜,烟盒一样是找不到了,后来我只在一本1989—1990年的小小日记本中,发现贴了半张烟盒(当时是为遮盖本子上的什么内容吧),拿来做个由头,记录一下当年烟盒的事情。

与糖纸一样,烟盒在小时候的我们看来,漂亮得不得了。一个烟盒,小心拆开,摊平,夹在书本里压过,拿出来,就是一张精美的艺术品:方正、齐整、光滑,正面有漂亮的图案,背面是干净的空白。我们那时候的作业本都没有烟盒齐整,可以与烟盒媲美的,大概只有学期开始刚发到手不久的新课本。

周围的村民,抽烟的似乎不少。孩子们或收集自己家里的烟

盒，或在路上捡，或向旁人要，小同学们之间还可以相互交换，烟盒存得可不少。

记忆中最早留存的烟盒，好像是"花城""黄金叶"，那时候似乎不少村民都吸这两种烟，现在想来这两种烟包装还挺粗糙的，好像两毛五一盒。再有，比较多的就是"大前门"，似乎比"花城"略微高档些吧。

其他的，收集过的烟盒有"大熊猫""小熊猫""阿诗玛""和顺""洛烟""牡丹""红旗渠""红塔山"等。省内的香烟烟盒常见，像"黄鹤楼""芙蓉王"等香烟烟盒就很少见，集到一张就觉得稀有。印象最深的，是烟盒上有华山图像的一张，但忘记了烟名。

烟盒纸存起来，用途之一是用来折叠"面包"。齐整的烟盒纸非常适合做"面包"，不用剪裁就可以直接折叠。与小伙伴们"打面包"，将自己的"面包"甩地上，如果把对方的"面包"打翻过来，就可以赢取对方的"面包"。我查了一下，我们小时候叫的"面包"，有些地方还叫作"方宝"。

后来，不"打面包"了，烟盒做什么用呢？我是在烟盒背面做摘抄记录。抄英语语法、历史知识、自己觉得不错的小文字，这些都有。这个习惯一直持续到高中毕业后，甚至在洛阳工作那几年，我好像还在烟盒纸背面记录一些东西，感觉便于存放，容易整理。

后来大家都知道，纸做的烟盒变少了，很多烟盒变得高级起来，都成了硬纸盒，就不大便于收存。加上自己并不抽烟，我的烟盒收集也戛然而止。我一直不大理解有的人为什么喜欢抽烟，出于好奇，也装模作样学抽过几次，但并没有捕捉到其中的旨趣，便作罢。

老家乡民不少都喜欢抽烟，好像说见面让烟、给对方打火点烟等，都有讲究。在外面混的人，回到村里，衣兜里一般都装有烟，见到乡民，就让支烟表示客气。我好像听到过有人被吐槽：谁谁回来了，见人都不知道让支烟。

这可能是乡间的一种人情世故，一种民间交往规则。可惜我因为没这个爱好，从不随身带烟，更觉得给人让烟极其别扭尴尬，每次匆匆回去也从不给人让烟。这大概也是一种代际差异、认知差异。

那些年，老家的乡民大都种植烟叶，烟叶是家庭收入的重要来源。村寨里经常可以看到烧烤烟草的烟炉，两层楼左右高，坡顶带着烟囱，在乡间民房中显得挺特别的。

种烟、摘烟叶、集烟叶（把烟叶整齐缠挂在小竹竿上）、烤烟，都是极其辛苦的活儿。我小时候干过些集烟的活儿，高中假期回乡下，也帮人集烟，那是手工活，已经算比较轻松的了。

青烟叶在炉子里要烤三四天才可出炉，金黄焦脆。烤烟也是技术活，如果没烤好，发焦发黑的也比较多。放置几天等焦脆的烟叶软化，又要分拣等级，捆绑扎捆，最后才能拉到烟站去卖了换钱。

对于喜欢抽烟、烟瘾大，手头又比较拮据的村民，买盒装的香烟，哪怕是不带过滤嘴的那种，可能也很难。保存些烤好的焦干烟叶，自己揉搓碎，拿个纸条卷了，就是自制的香烟了。

我印象中见过好几个村民自己卷烟来抽，自己卷的烟可能比工厂出产的香烟更有害健康。其中村里那个叫"砖父"的，经常会向我要些废书本来卷烟，大约书本纸张硬度、燃点比较适合卷烟草。那是个挺可怜的人，满脸古铜色，声音沙哑，好像经常咳嗽。

听说"砖父"孤单过世后，一直没有下葬，安厝在他生活过的窑洞里，窑洞再被封严实。老村子早已荒废，也很少有人去。

——录于2022年7月

树叶

我从1988—1989年的日记本中翻出六片树叶。如果是当年夹进去的,那这些树叶可不是一般的树叶,它们是三十三四年前的树叶,比很多年轻人的年龄都大。

小时候我是多么热爱生活啊。虽然在偏僻乡下,虽然幼稚无知,可我依然保持了对自然、对世界无尽的热情,那应该是一种与生俱来的生命的激情和活力!

小学校里学生少、老师少,学习课目也少,主要就是语文、数学。像自然、地理、历史、思想品德这些课目,每期都会发教材,不过老师从来不讲这些课,学生没人会去看,这些书从头到尾都是新的,特别是《自然》教材。

自然!乡下就是自然啊。我们周围有庄稼、野草、树木,有猪鸡牛羊,有蛐蛐蝈蝈,我们就生活在自然之中。

自然是需要认知的。家乡的那些树木,除了常见的槐树、枣树、桐树、榆树、椿树、梨树、苹果树、桃树等,偶尔见到棵新奇的树,我们会好奇那是什么树,但没人知道。野草呢,更不用说了,人们嘴里常说的草,也就是几种,更多的没人知道。如果有先进的识别花草的软件,我们可能会懂得更多一点。

还好我的家乡属于丘陵区,树木花草的种类并不算多。

没有上自然课,我们也知道了标本、化石。于是,摘些绿的、红的、黄的树叶,夹在书本里,变干后就成了所谓的植物标本。动物标本不太好做,只能从地上捡死掉的漂漂亮亮的蝴蝶回来,压进书本,变干后成了昆虫标本。

被遗忘以致顺利保留到现在的这些树叶,正面颜色变成褐色,背面颜色发白。它们当初是作为绿叶、红叶,还是黄叶被我夹进书本的,记不清了。人生一世,草木一秋。如果当年没有留存下它们,它们必定已经零落成泥、魂飞魄散。这么长时间,这些树叶其实也在衰变、老化,如同人一样,像我,现今两鬓已星星点点了。

这是什么树的叶子呢?我用识图软件查了一下,说是火炬树。

不过我老家似乎没有火炬树，我感觉有点像臭椿树。

臭椿树在家乡极常见。它好像很容易存活和繁殖，结种子都是一簇簇的。小学时学校有时候让我们"勤工俭学"，上交树木种子，除了杏核、桃核、槐树子，我们上交最多的就是椿树子了。

臭椿树好像材质不好，太脆，所以很少听说用椿树建房、做家具的。既然叫臭椿，味道也不好闻，不过，臭椿树的生命力旺盛，叶子绿油油挺好看，秋天叶子变黄变红时，扑簌簌落下来，也蛮有感觉。

香椿树比较招人喜欢，但似乎不好养，容易生虫，村里的香椿树很少。大伯家门口有一棵，春天就摘香椿芽吃。后来不知道怎么回事，香椿树好像就没有了，可能美好的东西都不大容易长久。

这么些年，我一直喜欢自然，喜欢自然馈赠给我们的花花草草，包括树叶。有次去北京，在香山买了几片红枫叶，那是过塑了的，还算精致。这些东西应该都还保存在洛阳的柜子里，只是不在手边。

南方是树木花草种类极为繁多的地方。见得多了，就没有了那种采撷几片保存的心思。再说，现在刻意保存，意义又何在呢？

——录于2022年7月

王城路

最初，我到洛阳时，居住的小区的出入口是在王城路上，我的生活便主要围绕王城路展开。

那还是2000年前后，王城路尚未被改造升级为王城大道，它只是洛阳城中诸多南北道路中的一条。路的北头是中州中路，居于中州中路北侧的就是洛阳最有名气的王城公园，那是每年牡丹花会时中外游客观赏牡丹的胜地。王城公园所处的地方是东周王城遗址，"王城路""王城公园"这些名字应该都来源于此。

"王城路"这路名听起来很霸气，但那时的王城路实际上并没那么光鲜。别说与现今相比，就是与2005年它刚被并入王城大道之时相比，它也是显得灰头土脸、毫不起眼。

路不宽，双向两车道，没有设置隔离带，非机动车直接在路

两边混行。现在居于路中的两排法国梧桐树，当时居于两侧道牙以外。人行道路面起伏不平，有方砖铺成的，有水泥扣成的，水泥路面破损的地方比较多，砖铺的地方砖头松动的也不少，下雨天不小心踩到就会溅得裤脚沾泥。两旁的建筑似乎也没有特别高大的、有特色的，至今能记起的，只有工人俱乐部、黄河宾馆、有线电视台、灯具城，还有两侧一两层的临街门面房，开着些小饭店、小商店。

让我觉得最糟糕的是路旁的那些法桐。那些法桐看样子已有些年头了，棵棵都树干粗壮、枝繁叶茂。因为没有好好修理，树干基本一人高就开始分权，于是每棵树都蓬头散发地野蛮生长。两侧法桐的枝蔓又勾勾搭搭，将路面盖了个严严实实。夏季倒是浓荫满地，凉爽宜人，平时则让人感觉整条路都被塞得满满当当，视野受阻，有点堵心。像王城路在九都路南的那段，当时是建材大世界，因为法桐营造的低矮模糊杂乱的感觉，我很长时间都没看清楚里面，更未走进去过。法桐在春夏秋冬四季有不同的美，但那会儿在王城路上，真没发现和感受到。

可我终究是兴奋的。我是乡下长大的孩子，大学读书时倒是去了大城市，但那也只是去读个书而已，所以洛阳才是我真正融入其中的城市。我生活在王城路，王城路对于我来说，就意味着整个洛阳。

每天，我骑着自行车奔出居住的小区，先穿过一个院子，再穿过一个临街九层住宅下的门洞，进入王城路，融入城市的车流人流中。临街门洞口有个小伙子，看起来与我当时差不大，他几乎每天都准时在那里支起推车上的货架板，货架板上整齐摆放着

各色的香烟。他还兼卖馒头，卖的只一种小圆馒头，一袋五个，一元钱。门洞口还有一个微胖的妇女，是下午专门出来卖馒头的，白馒头稍大点，一元两个，她卖的还有糖包馒头、豆沙包馒头，种类比那小伙子多。晚上我自行车筐里放一两袋顺路买的蔬菜，同时我还会从卖馒头的妇女或小伙子那儿买几个馒头回去。据我观察，那妇女和小伙也住在门洞上的住宅楼里。那么，卖香烟、卖馒头就是他们的营生？那时的我，太年轻，还真没细想过这些事。

住处没有安装固定电话，我刚开始上班也还买不起手机，只配备了一部当时还比较流行的BP机（寻呼机）。BP机响时，就到楼下紧邻我们小区大门口的一个小商店去打公用电话。商店很小，是我们小区外面挨着的大院子里一个瘦瘦的阿姨开的，用的是自家房间，除了公用电话，顺带卖些方便面、锅巴等小食品。

生意似乎还不错，经常有小孩去买东西，也有些老妇人围在那里闲聊。

我那时刚大学毕业没多久，还属于比较上进的青年，喜欢读书看报。每到周四或周五，固定会去买《南方周末》阅读，这是在大学时养成的习惯。回想起来，当时读《南方周末》真的很投入，经常在周五晚上阅读到半夜，或者周六周日继续阅读，报上的"小强填字"都要动脑筋认真去填写。常买的杂志是《小说月报》，数年下来，堆了厚厚一摞。王城路上卖报纸杂志的有好几摊，印象最深的是王城路与九都路交叉口东北角那摊。那个报摊周边聚着很多农民工，每人面前放着个纸牌，写着"水泥工""瓦匠""水电工"等字样，等待雇主来招他们做工。有人来招工，农民工就都拥挤过来。没有雇主来，农民工就聚在一起下棋、打纸牌，那个卖报纸的中年男子就侧着头观看，有人来买报时，他就在摊架后伸长胳膊收钱找零，从没见他走动过。忘了是个什么机会，我才发现原来他腿部残疾，是坐在轮椅上的。因为出乎意料，我当时愣了一下，隐隐感受到生活的艰难。

看电影在当时尚不流行，洛阳城里还没有像现在这么高端、舒服的电影院。王城路上的工人俱乐部，每周末都有电影放映，记得是专门有人用粉笔在黑板上书写电影场次，或者是用彩纸写。上映的电影是否热门，我没去关心过。进到工人俱乐部里看过一两部电影，凳子硬硬的，貌似每次去，里面观影的都寥寥无几。想看影片时，我主要是靠租VCD、DVD碟子。王城路行署路口附近开着几家小音像店，出租影碟，内地、港台、外国电影都有，影碟包装封面争奇斗艳，洋洋洒洒摆满墙上的架子，影碟想必也是盗版的居多。很便宜，押金10元，看一次的租金也就一两元钱。

有的音像店还出租小说，那些武侠、言情小说也几乎全是盗版，经过了许多人的手，书都被翻得起了褶皱。我本就对这些小说没兴趣，看见书本皱巴巴的，更是没了兴趣，便从未租借过小说。

王城路两侧破旧的两层门面房中，开有几家录像厅，有时会有很激烈的声音放出来，挺撩人的。录像厅有通宵放映录像的，哪天如果起早，说不定还会遇见一拨拨看客从里面出来，年轻男女居多，眼神都因为通宵看录像变得呆滞了。

饭多是自己做，刚进入社会，除了对外界事物有兴趣，我那时对做饭这件事也兴致颇浓。煮面条，熬稀饭，炒简单的菜，这些并不难，但早餐我还是经常出去喝汤。洛阳是座汤城，是洛阳人，就一定要去喝牛肉汤、羊肉汤、豆腐汤等。王城路上似乎没有什么特别好喝的汤馆，至今我已记不得任何一家，喝汤多是在单位周边的汤馆喝。有时候偷懒，午饭也在外吃，有家四川担担面，开在王城路西侧低矮的门面房内，每天都人满为患。听说是三兄弟继承上辈人的厨艺，在王城路及周边开了三家。当时我倒还没太关注另外两家，去的也只是这一家担担面馆。在里面，还碰到过初中时的B同学，往后就经常联系。

有时候，你不得不感叹城市其实很小，一个人生活的圈子更小。有次我在王城路骑着自行车，听到有人在背后叫我，回头一看，是高中的Z同学，读书时我们关系很好，我就留下了办公电话、BP机号。后面接触一段时间，了解到他尚未找到工作，2000年前后，大学毕业生确实不好找工作。他说他主要在网吧打一种游戏赚点小钱。我那时对电脑有点蒙，不大理解他的说法。后来，有次他说到他母亲病重。我这人属于古道热肠型，觉得又是从前关系不错的同学，自己的钱虽不多，还是借给他500元。过了一段时间，他又说需要点钱去南方，那边有个朋友介绍了工作，我又咬牙借给他1000元。再过一段时间，他打我办公室电话，说自己在南方，可能被骗进入传销团伙了，让我再给他汇一些钱。我这次有点生气，就拒绝了。从此，这个Z同学就音信全无。我想可能是我们当时的通信方式不够便捷，彼此失去联络了吧。只能祝愿他安好！

　　王城路上遇见的人在消失，王城路也在发生巨变。2004年开始，王城路开始封闭改造。我们小区的出入口改在了另一侧的芳林路，我也便少往王城路去。等王城路改造完毕，它已彻底脱胎换骨，成为北通邙山、南跨洛河、纵贯洛北城区和洛阳新区的王城大道的一小段，王城路的名字也随之消失。道路拓宽了，原先路两旁婆娑的法桐也被砍掉低处的枝干，修剪得棵棵挺拔，立在路中间的花坛隔离带中。马路亮堂起来，法桐的美展露无余，春天里白絮飘飞、新绿可人；夏季里绿叶高挑、光影点点；秋季里满树黄叶、飘飘洒洒；冬季里树叶落尽、老树寒枝，树上藏着的鸟巢显露无余。两侧的建筑、路面都变得规整、亮丽起来。曾经在王城路上卖馒头的、卖报纸的摊贩，求雇主的农民工消失了。那个由瘦瘦的阿姨开在我们小区门口的小卖部关门了，BP机消失，小灵通风行，手机也相当普遍，小卖部的公用电话自然没啥生意了。还有王城路边上那些录像厅、音像店好像也都随同消失了。街边门店换成了一些装饰比较高档的店铺。经过这里的公交车则多了起来，曾经孤单行驶在王城路上的8路汽车，同样也变得亮丽起来，而且再不会像从前那样与路上法桐的枝丫发生剐蹭。

　　后来我又因故经常在王城大道上原是王城路的这一段出入。

在洛阳工作日久，感觉日渐麻木。光影在法桐树的枝叶间蹉跎，树叶生生落落，又过了数年。某个冬日中午，我晒着暖阳懒懒地走在那里，遇见了中学时的L老师。他开始没认出我，我报了自己的名字和毕业届数，他说记得我，问我为什么在这里。我说我一直在这里工作，能看得出他略显失望，我们客气几句就分开了。后来我也想，为什么我会在这里。然后，没用多久，我离开洛阳，离开王城大道，到南方来工作生活。而我的那位L老师，后来却发生了些变故，让不少同学为之唏嘘。

越来越多的年轻人，可能不会知道在王城大道之前，那儿曾经有一条不算长的王城路。虽然我已不在那里，但我知道，随着光阴在王城大道的法桐枝叶间碎步挪移，仍有许多的人和事会继续在那里上演。

——录于2018年12月23日

录取通知书

读高中时，写过或看过不少议论文，讨论高考的重要性，反向观点诸如"三百六十行，行行出状元""天无绝人之路""何必千军万马过独木桥"。

说是这样说，但对于绝大多数孩子，特别是乡下的孩子，高考真的是改变人生命运的关键一步。个人的发展，需要台阶、平台、人脉、资源、机遇、见识，普通人家孩子哪能天生拥有这些？借助高考，起码拥有了一个相对公平的走向社会的路径。所以，感谢高考制度。

高考是场考试，考完之后，录取通知书就是通往大学的门票。每年，对于很多考生，会有遗憾，有不尽人意。对于更多的人，拿到录取通知书，是欢喜，是收获，是志得意满。

1995年我幸运地考取大学，录取通知书在到大学报到时上交了，那时候也不知道留个复印件。保存下来的，只有录取通知书的信封、行李托运单、入学须知。

现在看这些，仍然略有激动，毕竟在当时这可是大学的入场券，不过也真心觉得简陋。一个普通的牛皮纸信封，手写的收信人地址、名字，左下角写了我的考号和总成绩。如果不是信封右下角有学校落款，这和普通信封没多少差异。

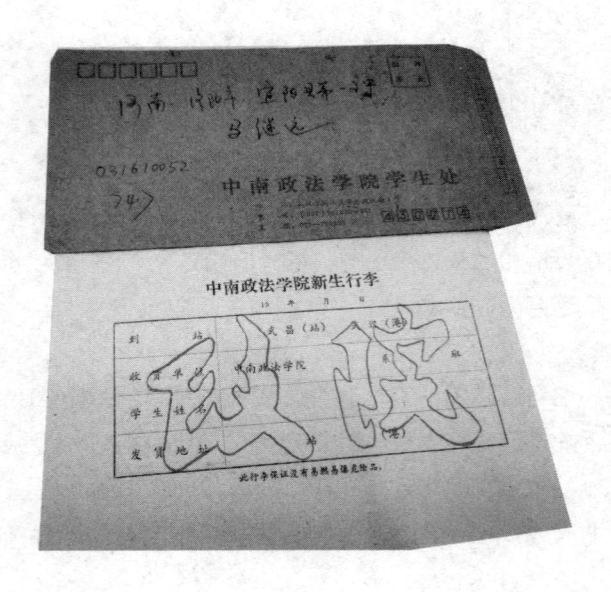

那封上交给学校的录取通知书原件,印象中也极其简单,一小张长方形纸块,上面写着我被录取,请于什么时间前往学校报到,然后落款,盖学校公章。

我考取的这所大学不算什么特别好的学校,只能说中不溜吧,确实是所"普通"高校。难道因为学校普通,录取通知书就如此简单甚至简陋吗?现在想想,那倒也未必,那个时候,人们似乎还没有特别重视录取通知书的颜值。可能其他学校的录取通知书也大同小异。

近些年通过新闻报道,我知道很多高校的录取通知书做得相当精致有格调。有的高校邮寄给学生的,除了录取通知书,还有礼盒,里面有香盒、文化衫、带有校长寄语的贺卡、校徽等比较有自家高校特色和创意的物品。估计学生收到后,有开盲盒的惊喜。

真的是时代不同了!现今的高校更加注重自身理念的传递。录取通知书做得有颜又有料,招录的学生第一时间就能对学校产生强烈的好感和归属感。

去年外甥女在深圳实习,她的上外研究生录取通知书直接快递到了我家。快递封皮极其精美,"YES! WELCOME TO SISU"。录取通知书、图书馆、加入学校网络社区的邀请信、银行卡单等,最有意思的是关于上海垃圾分类的宣传册页。

如此精美的录取通知书"礼包",看得我有点爱不释手。没有对比就没有伤害,想到二十多年前我的录取通知书,真觉得有点寒碜。现在录取通知书的种种美好,是属于他们年轻人的荣光!希望他们能感知到。

我当时的录取通知书也不是通过快递寄给考生本人的。你看这旧信封上,没有邮票、邮戳,当时信封甚至都没封口。

当时好像是学校统一隔几天到市招生办去领录取通知书。到我那一批时,拖了好几天,说是没有车,不方便去市里取。后来有考生家长着急了,找了车拉着老师去市里,才取回了一些录取通知书,包括我的。这些事情,我在一篇小文《高考后》中有提及。

新生行李托运条,是坐火车托运行李用的。当时家人很重视,毕竟是考上大学了,父亲找了个车,远程送我到武汉去,行李托运条就省下来了。

——录于2022年7月

北京

得聊聊北京。我的收藏里有一些北京的景点门票，有的是我去游玩时留下的，有的则是家人、朋友的，因为喜欢保存这些票证，就顺手存下来了。这些门票，对于曾经的我来说，就代表着北京本身，承载着我关于北京的梦。

在我小学时代，忘了是几年级，父亲去了次北京，他们单位组织的。他回来时带什么别的东西了吗？不记得，应该是没有，当时大家的生活实在太清贫，经济都不宽裕。唯一记得的是他带回来一个小玩具，巴掌大小，有个小口，举在眼前往里看，一下下按动边上的按钮，能看到里面有北京的长城、天安门、天坛等。

我不知道那个容纳了北京十来个景点图像的玩具该叫什么，"幻灯片"？反正当时挺新奇的，拿着那个玩具反复看，还让村里的小伙伴一块儿看。北京不再只在课本上，它在我们眼前。

我1989年7月小学毕业。这个装有北京的玩具，应该是1989年之前出现的。

直到读大学期间，我才去了北京。1998年4月底吧，同宿舍的阿胜同学想去北京找同学玩，约人一块儿去。依稀记得他好像说，北京总得去看看吧！我就决定一块儿去。

为节省开支，我们找来东北、河北同学的学生证，这样就可以买到武汉到北京的半价火车票。还好那时候火车票上没有实名。经过一夜行程，天亮时我们到了北京西站。出站时，我顺利蒙混过关，似乎阿胜同学不幸被揪出来，还好没让补票。

阿胜同学人很友善，也很活套[1]，他在中央民族大学有中学同学，就过去投奔。那位同学也不错，协助安排我们找了住宿地方，印象中是在北京理工大学的招待所，已经是学生能住得起的很不错的地方了。

之后几天，我们就在北京游玩，去了长城、十三陵之定陵、颐和园、圆明园、北海公园、景山公园，当然，还有天安门。故

---

[1] 活套：方言，指做事灵活变通。

宫大约是因为排队人太多了，就放弃了。

北大、清华是必须去看看的，那是学生们心目中的圣地。清华的印象倒不是很深了，记得我们到了北大的未名湖畔，当时正值春天，湖光塔影，杨柳依依，很是赏心悦目。看到未名湖畔读书学习的学生，羡慕得不得了。

当时，正逢北大将要在5月4日举办百年校庆。我买了个纪念北大百年的首日封，没有寄出，自己保存至今，遗憾的是正面不知道为什么写了几个数字。此外留存下来的，是一张1998年5月4日从北京西返回武汉的火车票。

工作后再去北京几次，我的境况略微好些，起码吃住都有保障，不像大学时代那次进京那么紧凑。记得2003年那次，自己去了卢沟桥、天坛。2009年去的那次比较搞笑，莫名下起了暴雪，据说是北京少有的10月初就下那么大的雪。我自己去香山看红叶，好像也没看到，买了些过塑红叶做纪念；一帮关系很好的伙伴在雪中瑟瑟发抖地看鸟巢，冻得干脆在地上跑了起来。

去北京的意念，越往后变得越淡。北京就是个城市，它的职能是首都。其他城市呢，成都、西安、上海、广州，也都各有特色。我生活在深圳，渐渐觉得深圳也蛮好。

前两年冬天，我又有机会去北京培训。这次比较有意思的是，吃住全在北大校园里面。哦，北大！那可是北大啊！

到达北大的当天晚上，我冒着寒冷摸着黑到未名湖畔走了一圈。在南方暖和习惯了，觉得北京实在太冷了，似乎连手机都不适应，冻得关机好几次。

很奇怪，这次到了北大感觉却很平淡。北大肯定还是神圣的，不过我早已不是青葱少年。人到中年，越发觉得北大并非高高在上。我周围，北大毕业的朋友有好几个呢。整个人的感觉，就像做了一个长长的梦，梦醒了，对自己说，一切不过如此。

那会儿，我心情不大爽。在北京见到了老朋友郭同学，晚上一块儿吃着羊蝎子，喝着二锅头，不小心就把自己喝蒙了，害得郭同学费劲挽送我回校园宿舍。过去从没想过有一天，自己会带着些许醉意，睡在北大的校园。虽是糗事，也是人生之幸！

已经没有多少抓住机会逛北京的欲望，可能天冷，也可能因为别的。

怎么形容呢?

这样说吧,北京还是北京,北大还是北大,岁月更替,我早已不是当年的我了!

——录于2022年7月

钱币

"财不外露",按说不该把人民币作为我收存的"票根"之一,拍照拿出来讲。不过既然在专业人士那儿,钱币是个重要收藏门类,我自己也着实存有一些纪念币钞,闲扯一些与之相关的人和事,倒也无妨。

前些年,我把收存的第四套人民币拍照发朋友圈,我的一个堂侄看了,评论说:还是大大厉害,别人的朋友圈秀美食、秀风景,大大直接秀人民币!

这是年轻人调侃我的玩笑话。这些币钞作为藏品,在我看来,和我的其他奇奇怪怪的藏品一样,并无特别之处,只是刚好它的名字叫"钱"罢了。

因为家人在金融系统工作,我很小就看到了"不少"的钱。乡里有过年"换新钱"的习俗,每年春节前,在小镇农村信用社工作的父亲都会带些新钱回家,帮乡亲们换新钱。

当然,我知道,那都是别人的钱,不属于自己,绝对不能碰。我过年时能领到的,是一点点压岁钱。当时大人一般就给我们发个5毛、1元,稍大点时候,发个2元、5元,我们已经觉得很多了。

我当时最好奇的,是一个神秘的箱子。我上小学后,需要到岭头的代销点买笔和墨水等文具，母亲就会把床头的那个黑木箱开个缝，手伸进去摸一阵，摸出几个亮晶晶的硬币，1分、2分、5分。有时候，母亲还会拿出一个银圆，对着侧面吹吹，然后放在耳边听声音。银圆上好像有孙中山的头像，或者是袁世凯的头像，记不清了。

在我看来，那真是个神奇的黑木箱，好像里面有源源不断的硬币，不，源源不断的钱。母亲不让我看，我那时候个头又矮，所以一直充满好奇。

直到大点了，才看到了真相：箱子里有个小竹箩，里面零乱地放着些针线布头；有一两件小孩子戴的小项圈，大约是贫穷的外婆当年送给母亲的嫁妆；再有，就是所剩无几的硬币，看到时已经勾不起我的兴趣，我知道，那真的没有几个钱。

这个黑箱子，是贫穷时代母亲微薄的积蓄吧，它真的给了小时候的我无穷的想象，似乎有那个黑箱子在，我就能买到我想要的一切。

有阵子，老家那块突然流行盗墓风。村里像我哥那么大的小伙子，大约是挖古墓的故事听多了，就开始结伴商量挖古墓。他们搞得神神秘秘，似乎要做什么惊天大事，也似乎真的装模作样拿出来过几个锈迹斑斑的古币，我们那边叫"小钱"。仅此而已。大约没什么结果，没多久这些家伙就自己消停了。

回头想想，我老家那块穷乡野岭，又不是洛阳城周边的邙山之类地方，哪来的什么古墓，那儿的先人们估计连吃饱饭都成问题。那种外圆内方的"小钱",有些人家的老旧抽屉里都出现过几个,不稀奇。

后来当我知道钱币,包括退出流通的人民币,甚至流通中的人民币都可以收藏时,我有点后悔。估计很多人都和我一样,成长过程中,多少都听说过什么人民币错号了、连号了、同号了之类的逸闻,只是没遇到过。虽然当时没钱,不过央求家人在换新钱时,换几张连号的新钱留存,倒也不难。可惜当时太无知!

每到新年,银行都会发行各种生肖纪念币,我留存过几次,兴趣不大,体会不到其中的乐趣。

我收存的这册第四套人民币,一个是退出流通了,再有就是各种面额纸钞上的编号,三位尾数都一样。仅此而已。比较可笑的是,我是为买这套退出流通的人民币,但套盒主销的却是里面的10克银聚宝盆纪念章,全套人民币反倒是赠品。本末倒置了?只能说每个人追求的点不一样。

在银行办业务,收到赠送的一套比较简单的册子,里面是以前用的5角、1角、1分纸币,连号的,各十张。

我从没想过这些东西会升值什么的。既然有的钱已经退出流通,留存着,以后可以摸摸,感受一下这些我们当年曾经用过的钞票。

说到手摸钞票的感受,我才意识到自己真的已经很长时间没直接用现金支付了,都是用微信支付。于是,没有了钱包,没有

了数钱、丢钱、找零钱，钱只存在于个人账户上。春节时会封现金红包"派利是"，图的却是钱吉祥如意的象征价值，而不是它的实用价值。

数字货币可以出现并流通，因为作为实物的钱确实已经很少用了。

钱的财富价值将永远存在，所以我们还是要努力赚钱。一个人要有家国情怀，要有生活情趣，但也必须学会赚钱，这是生存的需要。通过各种合法渠道，通过辛勤付出赚取更多的钱，让自己和家人生活好一点，并不可耻。

那么问题来了，我一直觉得我们的教育，缺少一点对孩子赚钱或者说经济能力、投资能力的培养。读书、考学、找工作，领工资，这是绝大多数人生活的常规路径。一旦偏离了这个路径，能否生存得好一些，全靠个人在社会上闯荡了。

我周边不少早早离开学校的年轻人，真的是一无所长。闯荡社会，需要平台、机遇、关系、资本，这些东西都不是那么容易获得。每次听到身边年轻人说他要创业时，我都只是苦笑。

书读不好不可怕，尽可能学门手艺，比如烹饪、理发、调酒或咖啡、汽车维修，或者别的。我以前一直就特别想去学做厨师，因为贪吃，另外也很幼稚地想，万一哪天没了生存渠道，自己会做菜，最起码可以挣点钱养活自己，让自己活得体面些！

我是不是掉到钱眼里了？不全是吧，我聊的好像是生而为人该有的赚钱生存之道。

——录于2022年7月

剪纸

忘记了具体是哪一年，深圳市民中心有个书画或手工艺品展览，我得空过去闲逛，恰巧剪纸大师刘期培老师在现场，就请他给我剪了个头像。刘老师照着我的脑袋，三下五除二就剪了个侧影出来。当时感觉很像，现在看更觉得像，尤其脑门上那所剩无几的头发！

准确地说，刘老师这手艺是叫"剪影"，我这幅剪影用的也不是纸，像是一种薄绒布。但感觉叫剪纸应该也没大错。

老家洛宁差不多算是"民间剪纸之乡"，剪纸艺术比较有名。我知道的最出名的剪纸艺术家，是李笑白老师。我家里有两本《笑白剪纸》，小册子书里面都是李老师的剪纸艺术作品。书是我父亲收存的，他觉得很珍贵。我一直觉得不是那么回事，这只是印刷出来的书，又不是剪纸作品原件，谈不上什么珍贵。

我小学时也玩过一阵子剪纸，当然只能算那段时间喜欢玩的游戏，风一样吹过就没了。我手比较笨拙，剪不出什么，好像最成功的剪纸也就是跟同学们学着剪出了囍字。现在想再剪出来，已没有可能。

除了剪纸，我有阵子还非常热衷于捡石头，主要是在高中时代。当时，宜阳县城边上的洛河还没有靠橡皮坝蓄起的满河碧水，

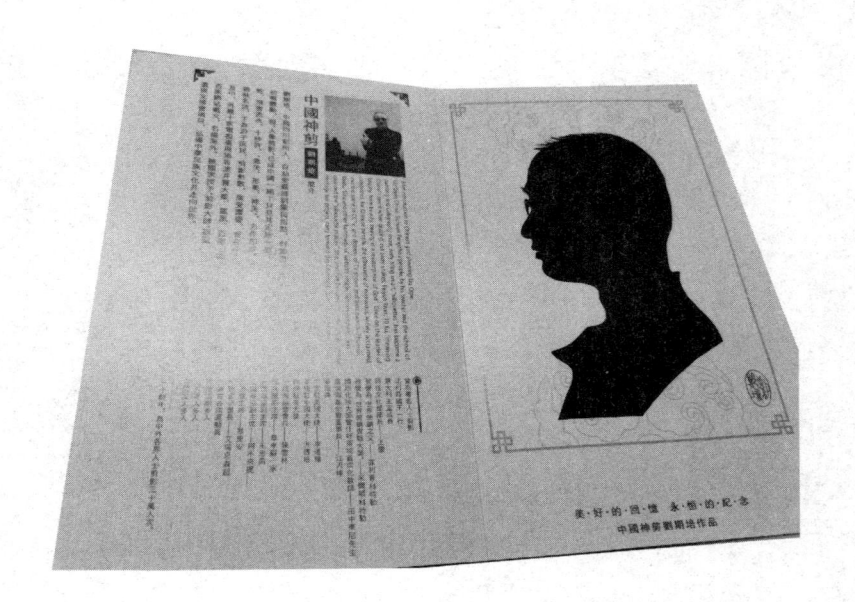

河床很宽，但河水大多时间都比较"瘦小"。河床里有很多石头，我到河边去玩，就捡些自己觉得有特色、有奇相的石头，大多放着放着最后就扔了。有块比较温润的石头，拳头大小，几乎是黑白对半齐分，摸着像块玉，留存的时间久一些，最后还是没有了。

当年似乎不少人喜欢捡石头，是不是受影视剧里"天降祥瑞""石上奇符"的情节影响，不得而知。我是看到洛阳报纸上的一篇文章，讲的是贾平凹与石头的事，才知道捡石头原来也可以是文人的癖好。

后来我见过很多加工过的石头，那些装饰园林用的大石头先不提，就说那些放在家里装饰用的石头，被打磨、粉饰得油光锃亮，有些还要通过锯、敲来改变形状，完全没有了石头本来的样子。

黄河石，洛河石，在我们那边都比较有名。我有次和老蒋到龙门石窟南边的伊河闲遛，那段伊河当时还没蓄水，我在河床里捡到一块石头，通体青黑，点缀着碎黄点，像梅花点点。这应该就是伊河滩有名的梅花石。

石头不大不小，底部又稳，适合放在桌面，我非常喜欢，后来又托人适当加工了一下，打磨、上蜡后，石头显得低调、光亮、温润。可惜离开洛阳时，石头就送朋友了，他对那个石头也很喜欢。

捡石头这点喜好，又像风一样过去了。别说，到了南方，那种河水冲刷形成的石头，似乎真的见得很少了。海边的石头，那完全是另一种样子。

老父亲有事没事还在捡些石头玩，不时高深地说哪个石头上有什么奇纹、奇字。我们都只笑笑,提醒他可以把捡的那些石头送去加工一下,抛光打蜡,会更好看些。他又舍不得花那些冤枉钱。

算了,他喜欢就好。这种事情,就图个喜欢,一时一地的喜欢,长长久久的喜欢,都随便了。

——录于2022年7月

灵山寺

老家洛阳名胜古迹、山水景点众多，我的收藏夹里存有不少洛阳景点的门票，有名气的像龙门石窟、小浪底水库大坝等。找个最熟悉的灵山寺，闲聊些事。

灵山寺是座千年古刹，居于洛河南岸，灵山北麓。灵山是熊耳山脉中的一座山峰，周边其他山都比较光秃，独独灵山松柏蓊郁，草木葳蕤，因此这里的风景确实奇特。

再有，灵山处于宜阳县城以西十多里的地方，来去比较方便，蹬个自行车即可前往，此地也就成了当时我们访古游玩的绝

好去处。

早先，它就是个比较普通的寺院：山门、大雄宝殿、藏经阁、金刚、如来、菩萨、僧尼、银杏树、泉水这些或许其他寺院也都有。我初到宜阳读书时，尚未出过远门，未见过其他寺庙，灵山寺在我看来已经算古色古香、包含历史风韵的名刹了。

那张小小的灵山寺门票，应该就是我高中时代留下的。票很简陋，如同当时的寺院一样。那时候，寺院只是一座方方正正的院落，主殿沿中轴线铺开，小些的庙殿左右对称排列。平时，客人不多，小庙显得尤其安静、朴实。

灵山寺最热闹的时候是农历二月二的灵山庙会。我们那边的人，好像特别喜欢赶会。我小时候知道的，除了边上杨坡、河底小镇的会，再就是灵山会、福昌会、牡丹花会。福昌在灵山以西几十里的地方，曾经是个古驿站，有古建筑福昌阁鹤立于土丘上，每年有三月三福昌会。那时候赶会可是很神气的事，像我读高中前也就只到小镇上去赶过会。"赶会"，赶的就是熙熙攘攘，人山人海，喜庆热闹，纷乱扰攘。

我后来才知道，灵山的送子观音在民间比较有名。母亲当年好像就经常陪老家乡下来宜阳的亲戚到灵山去烧香拜观音。至于后面是否真的灵验，那些亲戚老乡是否实现愿望，就不知道了。对于当年乡下的人们，生孩、生男孩，是极其重要的事情。

灵山后来是突然大变样了，具体哪一年我也记不大清。山下修了仿古商业街，建了几座高大的牌坊，山上修建了宝塔，还有跨越山谷的拱桥，外面临着洛河建了荷花公园，里面还有些游乐项目。去了之后，我很是惊诧，知道有人是想做大做强灵山旅游观光，但感觉总有点别扭。

灵山的名气似乎真的变大了。父亲说，灵山的荷花公园，连信阳的张伯伯都知道呢！他们家的画家还专门到灵山来写生画荷花。

于我，灵山和灵山寺的样子变得很陌生，但它依然是离县城最近的名胜。来个朋友，我们还是喜欢带着到灵山走一走，县城地儿小，也想不出别的可去的地方。这张比较新的门票，就是2015年春节期间，我在宜阳过节，初中时的关同学过去探望我，

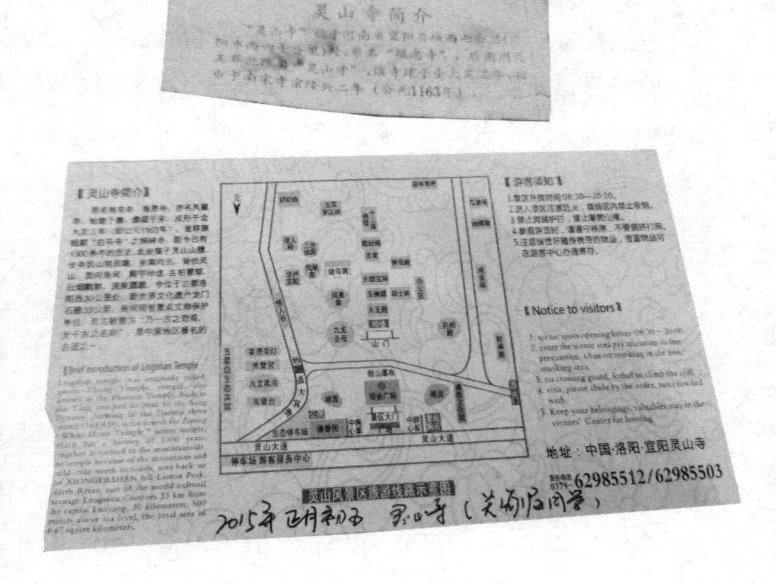

我们到灵山闲逛留下来的门票。可以看到，与二十年前的灵山寺门票相比，背面的介绍、指示图都有大不同。

　　印象深刻的是2017年9月底，我休假回乡探亲，洛阳的许哥、付姐、祁姐到宜阳找我玩。在洛阳工作时，我就说过好几次，要请他们到灵山吃土鸡，一直未能兑现。祁姐姐时常拿这个开玩笑，说土鸡估计都换了好多拨了。

　　我还在洛阳时，许哥、付姐、祁姐、我，分别在不同的城区，但工作单位对口，平时培训或开会都在一块，熟悉得不得了，关系好得不得了，平时私下也不时小聚，撸串吃虾。

　　那天刚好下着秋雨，在灵山附近一处农家乐院子里，感觉有老友相逢的韵味。请吃灵山土鸡的承诺总算兑现了。大家聊得很开心，跟两位姐姐拍了合照留念。

　　见面和相聚确实变得很难，大家又有五年未见面了。我还保存着我们当年在塔西撸串时留下的一瓶酒，当年约好一块儿同饮。

　　酒盒上潦草记着：2011年5月17日晚，我，老城许，洛龙付，瀍河祁、白某，在塔西

273

吃烧烤，获祁某好酒一瓶，留待五年之后同一天。落款时间是2011年5月17日晚，十一年前的事情。

——录于2022年7月

毕业纪念册

1999年我大学毕业时，毕业纪念册还流行。"经济法系九五级"专门制作了毕业纪念册，发给（要收费的）同学们。我以前没太留意，或者是忘记了，现今才"惊奇"发现，纪念册前面的内容有校园风光照、母校概况、领导题词、毕业献词、年级大事记等。当然这些不是重点，毕业纪念册，核心是同学们的赠言、签名、照片。

纪念册上贴有几张自己的照片，还有几张和同学的合照，都是毕业前夕拍的。那时候，大家疯狂在校园里四处拍照，摆出各种自认为比较酷、比较帅气（漂亮）的姿势。陈同学喜欢摄影，相机比较专业，给大家拍得多。其他同学用的可能就是傻瓜相机。

惊奇自己当年那么瘦。在扉页背面写着"吾貌虽瘦，必肥天下"，估计是引用哪个名人的话吧，显示出整个人当年很有些志向。

个人的照片很多都戴了个墨镜，大约觉得戴个墨镜会显得成熟一些！

毕业差不多二十三年了，但我很少翻看这本纪念册。现今再翻看同学们的留言、留照，真心感叹同学们当年的年轻。原来，风华正茂是真的，岁月如霜也是真的。我们，所有人，真的是时空里的行人。称呼就能看出来，当年同学们都叫我"小马"，英文名Pony，如今周围人则叫我"老马"。

翻看赠言，同学们写下的对我的印象，基本都是"勤奋""善良""亲切""腼腆""单纯""平和"。孙同学则担心我到社会上不知能否适应，一方面担心我遇到复杂的人际关系不知如何相处，另一方面更希望我能坚持自己的性格，其志弥坚。

哈，看来老同学当年就已担心过我不擅人际交往。好在，磕磕绊绊，风风雨雨，这么多年了，我也算平稳地过来了。

我们这班大学同学，至今关系处得都比较好。班级微信群里，

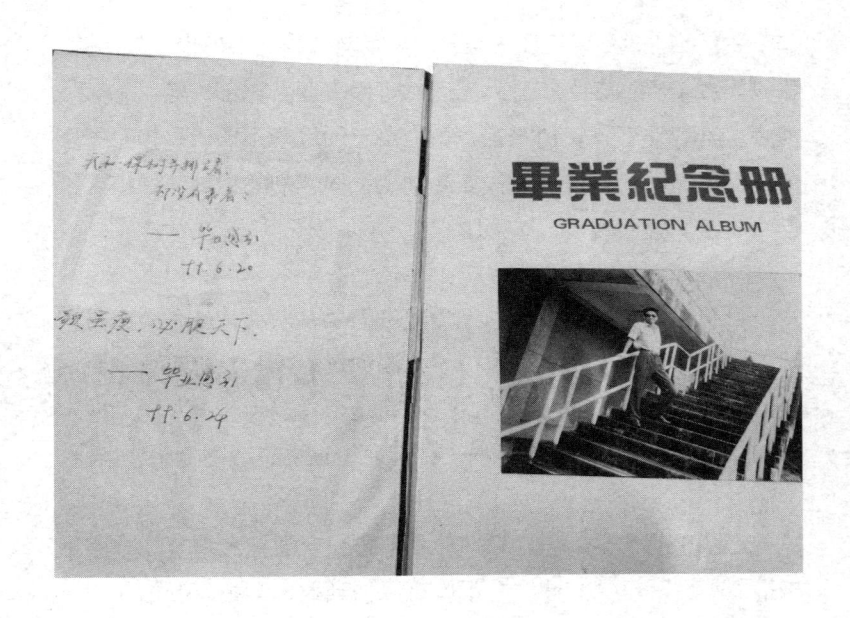

当年的同学一个都没少，不时大家还有闲聊、讨论、玩笑。至于到同学所在城市出差，老同学尽地主之谊请吃个饭，聊天喝酒，都很寻常。

毕业后这二十多年里，班里组织有四次聚会，在武汉是毕业十年、二十年相聚，在广州、杭州更像兴之所起的聚会。未必全部到齐，喜欢聚集的、喜欢热闹的都可以去。我参加过在广州的相聚和在武汉毕业二十年相聚，都很开心。

大家都成了中年人，一种天然的情感和熟悉感却依然在。有同学可能已一二十年没见，他推门进来，入座餐席，大家招呼几句，就开始把酒热聊，熟悉得如同昨天还在一块儿，聊的事情仿佛发生在昨天。

我们毕业时，手机还未普及，互联网对我们来说也比较陌生，从没想过十年、二十年后大家居然可以天涯若比邻，随时聊天、视频。给同学写下临别赠言，贴上自己的风华小照，是担心一别再难相见，不料科技、时代如此剧变，同学们的相处交往模式都彻底改变。感谢时代！感谢国家！

目前在深圳生活工作的大学同班同学有六人，就我一个男同学，感觉非常荣幸。我们组织了"深圳代表团"，班级有聚会活动，一般就尽可能同时前往，可不就是个代表团吗？平时，偶尔小聚，聊育儿经，聊社会八卦。曾经同窗读书，情感上比较亲近。

这些年的大学毕业生，估计都不再整毕业纪念册了。拿着相机拍照片？手机"咔咔"几下就可以拍到啊，自拍、互拍，想拍多少尽管拍。拿着笔在本子上写赠言？现在直接写字都很少了啊，很多作业都是电脑上敲出来的。毕业纪念册，终将成为一种过时的风尚。

从这本大学毕业纪念册往前看，初中毕业、高中毕业时，也有同学自己整毕业留言本，做法极其简单。找个比较好的硬皮或塑料皮笔记本，请同学写点赠言，向同学要张一寸、二寸照片，仅此而已。也不知道那些同学是否还保存着彼时的毕业留言本。

我翻到一些初中、高中同学的照片，但不少人都记不起是谁了。前面似乎也写到，我和大学的小芳同学曾谈论，为什么初中高中的同学特别喜欢联络老同学？结论是对于初中高中毕业后即步入社会的人，初中高中就是他们最后的学生时代，可能记忆比较深刻。

当然也不全是这个原因，还与相处、与缘分有关。我高中时经常调整班级，很多同学并不熟悉，大学时代则相对稳定，大家在一块儿四年，课基本也在一块儿上，记忆会更深刻一些。听家里小辈说，现在的大学生，除了同宿舍的，很多人连同班同学都不大熟悉。

　　也正常，人们的交往、情感表达、回忆方式，都会被打上深刻的年代印记。

——录于2022年7月

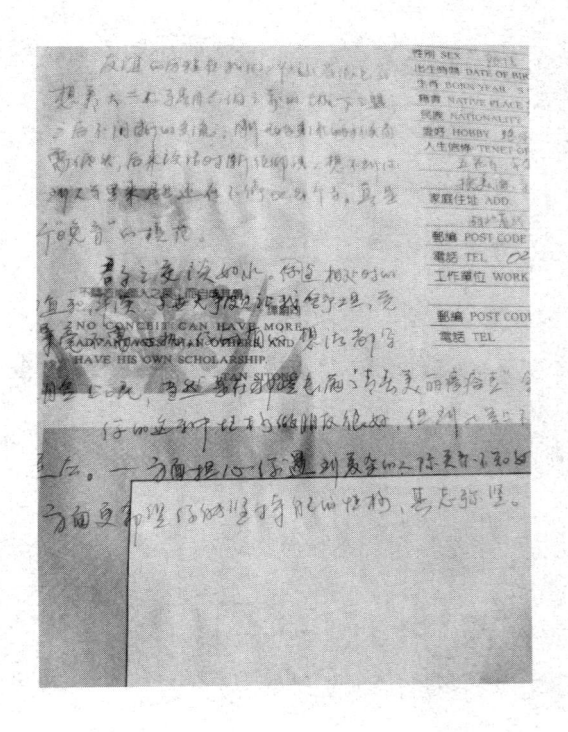

演出门票

人除了自己要善于"玩",有时候,还要善于看别人"玩"。

城市里人多,也是各种文体活动比较集中的地方。我虽然不会热衷于去看各种文艺演出、体育赛事,但偶尔有个机会,仍然愿意去凑热闹。

武汉、洛阳、深圳,算是我待过的三座城市。我虽在武汉读大学,也没有机会到市里去听音乐会、看足球比赛。只是在校园里听个讲座,看场诗词朗诵会,或者看辩论赛、旁听模拟法庭,仅此而已。回想起来,不得不说,当年的大学生活真的略显单调乏味。

在洛阳,我知道不时有演出、明星演唱会之类的活动,像每年牡丹花会时,一般都有大型文艺演出,会来不少明星。我没有机会拿到现场演出票,也不大感兴趣,觉得人山人海,去了也未必能看到什么。

头次去现场看演出,是2001年9月。史同学(他当时还在洛阳工作)给了我张票,约我一块儿到一拖体育馆看明星篮球赛。票页里面介绍"梦舟明星篮球队"主要成员有张丰毅、陈道明、濮存昕等明星,想着看看明星,就去了。

其实我对篮球、足球等体育项目都不大懂。在看台上望,明星们在下面场地里打比赛,看不清楚谁是谁,也没看出什么门道。这些明星演的影视剧看过不少,好吧,总算看到了现实中的明星。可能因为距离问题,记得当时还感叹,那谁谁谁的个子好像不是很高啊!

后来在洛阳西工体育场看过一场足球赛,是那阵子冠名为"洛阳白马足球队"的河南建业队打的一场球赛。球场气氛蛮热烈,可惜我傻乎乎的看不明白,反正就看主队有没有进攻,有没有进球,跟着周围的人瞎起哄。这场目前为止我看过的唯一的现场足球赛，我记得保存门票了，但终究没找到。

我对足球报道、各种骂战的兴趣，可能远大于足球本身。耳闻中国男足的诸多不堪，也和其他人一样，疑惑为什么这么大的国家，这么多人，怎么就打造不出好的足球队！

2016年4月，朋友给了张深圳佳兆业足球队对阵大连一方的球赛门票。当时不知道为什么并未前往，也并不觉得错过了什么。娱乐消遣这种东西，错过一场也不会少些什么。

音乐会、话剧等文艺方面的演出，我则比较有兴趣。2011年年底，梁老师赠送了张"2012年洛阳市新年音乐会"的门票，是蒙特利尔爱乐乐团建团35周年特别巡演。

这也是我头次现场听音乐会。对交响乐当然更加不懂，对那些西方曲目没什么了解，听不出所以然。我估计周围观众中很多人和我一样，完全是在看热闹。下半场快结束时，《掀起你的盖头来》《彩云追月》等中国曲子响起，现场情绪和氛围才明显高涨起来。

好吧，脑子没明白怎么回事，让耳朵享受一下高雅音乐也不是坏事。以后大约需要学习了解一下如何欣赏高雅音乐的常识。

深圳的各种文艺演出活动明显更多，不时，同事、朋友就会赠张票，钢琴音乐会、朗诵会、合唱会都听过一些。印象比较深的是话剧《韩文公》，台上演员的表演蛮不错，能把人代入进去，"戏台小天地，天地大戏台"。

这些都是2019年以前的事情。那时候，生活都很正常，不时能看个演出"小资"一把。这几年都没再看过什么演出了。

　　不过是几场演出，生活似乎什么也没少，又似乎少了些什么。

——录于2022年7月

日记

"以前，我不明白人活一生是为了什么，现在，我明白了，人的一生就是为了建立新中国，让祖国更上一层楼的。"

看到这样的话，是否会觉得可笑？反正我是忍不住笑了好久，因为太可乐了。爱国没问题，让祖国更上一层楼没问题，可新中国早都建立了啊，真用不着再去建。

但最可乐的，这话是我写的，记在1988年1月10日的日记里。你说可笑不可笑？

我很早就开始写日记了，印象中除了一个小本子，那些大大小小的本子有十多本，都有幸保存了下来。最早的记录是从1988年1月开始，那时候应该是小学四年级。

实在不好意思去翻阅这些旧存货，因为当年实在太幼稚了。尤其小学时，日记明显是为练习写小作文而写，所以经常编写些子虚乌有的人和事，现在翻开看的话，自己都汗颜。也会有些真人真事，被人偷看后，似乎还引发过可笑的是非。

日记一直写到大学三年级，后来就中断了。工作后偶尔也写过一阵子，都没能坚持住。

2017年开始,因为发现记忆力大不如前,我又开始记日记,每天寥寥数语,录些流水账,吃了什么,见过谁,发生了什么高兴或不愉快的事情。差不多一直记到现在,也有五年了,攒了三四本。

现今的日记当然也不忍再去翻阅,因为吐槽、牢骚的内容比较多。本来就是个舒缓压力的"树洞",写了也就过去了。再去翻阅,未必能如看到小时候的胡编乱造那般忍俊不禁,当作笑料。人生中,尚有太多"意难平"!暂且就搁置在本子里吧。

我曾经有个想法,打算趁闲暇把这大大小小的日记本里的内容,录到电脑里去。这样一来可以重温过往;二来文档容易传播保存。估计会有意思,但也会很费劲,一直没有行动。我知道很多名人的日记都被出版,作为历史研究的重要资料。我这些肯定没有那种意义和价值,敝帚自珍可以,公开则完全没有必要。

至于这些已经存在的日记本，以及以后继续产生的日记本，该怎么办呢？个体的生命都有终期，我偶尔也在考虑这些日记以后该如何处置。

听说现在有人开设日记博物馆，捐给博物馆倒是个好主意。但我的字从小写得丑，到现在也没多少改观，这些本子如果真被外人看到，真的也蛮丢人。而且一个普通人的日记，里面很多虚构和负面情绪，捐给博物馆的意义又何在？

那这些日记本大概率就是焚毁，在以后合适的时间我再销毁它们吧。对我而言，日记纯粹是作为自我表达的"树洞"而存在的，说完了，编完了，也就可以了。

——录于2022年7月

旧地图

有人喜欢收藏老地图、地图集，我虽谈不上收藏，但从前每到一个城市，必定要买份地图使用，然后带回家留存，日积月累，存下来的也不少。以前存的地图都在老家，手头现有的地图都是2012年开始到深圳工作至今去外地出差、游玩留存的。

小时候最早拥有的一份城市地图是西安地图，应该是父母去西安那边走亲戚时留下来的。我奶奶的兄弟，也就是我父亲的舅舅，以前逃荒到了陕西，在那边落地生根，我们家就有了一门远方的亲戚。

洛阳和西安，距离不算太远，宋朝以前的中国历史主要就在这东西两京之间演绎。历史上河南一旦受灾，人们也大都跑陕西去活命。关中是大平原，粮食收成相比我们那儿稳定得多。故此，对陕西，对西安，我一直有种天然亲近感。

那份西安地图，约莫两张16K纸大小，上面的西安市轮廓方方正正，街道纵横齐整，把城市分成一格一格。在上面，我记忆最深的是看到了大雁塔、小雁塔，对古城墙当时倒没留意。

之后又有一张北京地图，摊开来比较大，是父亲去北京后带回来的（看来这种买地图的嗜好也会传承）。北京地图的吸引力比较大，我仔细看过多遍，在上面看到了很多城门名。

当我有机会到各个城市的时候，买地图成了出行在外必做的事。那时候，我到外地，一出火车站，就会看见不少兜售地图的小贩。地图也是在外出行、游玩的必需品，怎么乘车，哪里有游玩景点，全得仰仗地图。拿着地图，看着路牌，不时找行人问路，大约是我当年在外游玩时的场景。

城市地图上还有不少信息，主要景点介绍、列车时刻表、航班时刻表（以前没大注意过）、公交车班次等。在人生地不熟的地方，地图就是我行走的助手。

作为心怀行走天下梦想的年轻人，一份城市地图，可以证明"我来过"。记得1999年6月某天在徐州换乘火车，我还在站前广场买了徐州市地图。

说到列车时刻表，我 2000 年去上海时，买（或者捡）到一本当年 1 月 21 日起开始执行的全国列车时刻表，一本小册子，保存至今，挺有年代感。

这些都是智能手机出现以前的事情。以前从没想象到，靠着手机里的百度地图、高德地图，我们基本就可以在城市里畅行无阻。坐什么车，如何换乘，距离和时间大概多少，智能地图算得清清楚楚。现今如果外出，根本不用担心找不着北。

火车时刻表也省略了，手机上的铁路 12306App，随时可以查询。买车票也大可不必到窗口、到代售点去，自己手机操作就可搞定。是啊，这些年好像街头的火车票代售点已经悄悄消失了。智能化时代，一些行业注定要走向消亡。

出于对地图的喜欢，到了哪儿，我仍然喜欢买当地的地图。目前手头这些城市地图，基本上都是智能手机地图出现后购买的。以前小贩、报刊亭、旅社都销售地图，现在买地图没那么方便了，有时候还要费些周折，问哪里有卖。买来了其实也不大使用。时代变了，这是没办法的事情。

　　其他的地图、地图集我也收存，但并不刻意。我存有一本《深圳市写真地图集》，1999年印刷的。还有一本《广州市地名图册》，是广州朋友送给我的。

——录于2022年7月

生命奥秘

2016年5月份开始,深圳市工业展览馆举办了一场"生命奥秘科普展",持续时间近一年。展馆在我工作单位边上,午饭后散步时,会不时进去逛一下,有时一个人,有时与同事一块儿。

展览挺震撼的。不少人体标本都是真人身体,没有皮肤,立在那里,保持运动、劳动等姿态,内部骨骼、肌肉形态清清楚楚。

这个不是木乃伊,也不是想象中泡在化学药水里的人体器官,这个真实感更强,甚至有点鲜活,除了没有血。

后来了解到,这些人体标本是采用了生物塑化技术,让人们可以直观看到人体内部架构。我们每个人的组织器官、肌肉骨骼,抽烟损害了的肺,等等,都陈列在那里。

除了人体,还有陆地动物、海洋生物的展览内容,那毕竟是其他生物,没有看到人体内部构造那般使我感到惊奇。

我开始必然有点恐惧,那可是用人体做的展品啊,不是逼真,就是真的!尤其晚上,展览馆里亮着点光,在玻璃幕墙外就能看到几个立在那里的人体标本,有点吓人。

看了几次,我就习惯了。科学就是科学,我们每个人都是这样的构造，每个人也都是生老病死这样发展的。

　　真心佩服那些遗体捐献者。也许通过这种方式，他们的身体有了更大意义和价值，让更多人受到了科学教育。

　　展馆里面播放科技宣传片，展示人的生命从孕育到诞生的过程。未出生的生命总没有现实中的人那般亮丽光鲜，我当时看得有点不大适应，说了句：看起来好吓人！身边的同事看了则感叹生命的伟大。

　　人的一生，生老病死被浓缩在这样一场展览里。我们的身体，原来有那么多复杂的奥秘！

　　直到现在，我都不时受腰椎疼痛干扰，可能晚上睡一觉次日起来就很难弯腰穿袜子了，可能走路时无意跳动了一下它自己又突然不疼了，搞得我极其难受。我只能感慨，人体就是个非常精密的机器，错位一丝一毫都会引发不适。

　　刚上班那几年，我深受胃疼困扰，经常突然肚子疼得冒冷汗，人也瘦得脱相。去检查，医生给了个诊断，说是"胆汁反流性胃炎"。吃过几次药，但并未能坚持吃多久。后来真不知道是吃药好的，还是自己调理好的。谢天谢地，这么些年，肠胃整体表现比较好，没有出现二十年前那种疼！

　　有这么两场生病经历，我总结出来一个道理：人体如此精密、如此脆弱，务必要善待自己的身体。身体机能保持正常，它才能承载着我们的灵魂高效运转，演绎我们或精彩或魔幻的人生。

对待自己的身体需要严格自律，做好自我管理。身体内部隐藏的那个更为复杂更为神秘的精神世界，这个展览没有也无法呈现，但我们其实更需要做好自控，让心理和精神保持平稳健康。

人的一辈子，内在精神，外在身体，都是在修行和自我管理。

记得看这个生命奥秘科普展，还发生了个笑话。一位女生说，很好奇男生的前列腺是什么样，能否触摸到。

大家都非常熟悉要好，这个疑问她就很直接地提了出来。我是一愣，无法回答，只能：嗯，哈哈！

——录于2022年7月

学车

从小学习成绩还算不错，我一直以为自己是比较擅长考试那种人，不想人到中年，却在考驾照时遭遇了惨败。现今手头除了驾校报名时的《业务受理单（回执）》《培训合同书》，以及《科目二考试成绩单》外，驾照我还没拿到，而且在可以预见的将来，我拿到驾照的希望已经几乎为零。

很早就知道拿驾照、会开车的必要性。读大学时，也把学开车列入了计划，觉得它是毕业找工作时的一个优势条件。可惜当时并没有什么机会。要知道，20世纪90年代的后几年，有车的人还比较少，根本不像现在，车辆已经进入千家万户。那会儿好像也没怎么听说过"驾校"，想学车，一般都是找会开车的熟人带一下。周围的同学也没听说谁专门去学开车了。我学车这事，就搁置了。

2000年后在老家洛阳工作那些年，总觉得汽车还是很昂贵的奢侈品，我那点微薄的薪水肯定买不起车。工作单位离家近，基本是走路或骑自行车上下班，就算搞个车，好像也没用处。

当时我学车的积极性和必要性，完全没有。偶尔听到人说谁去学车了，拿到驾照了，心里也会略微触动。不过家人反复说我，就你那高度近视眼，根本不适合开车，别学了。

记得多年前有那么一小会儿的学车经历，是和朋友老蒋出去闲逛，我说让我开车试下。本来以为很简单的事，车也确实被我发动了，但明显没把控住尺度，是"呼"一下跑起来的，把坐在副驾驶的老蒋、路边一个经过的老人吓得不轻；跑起来，我又把控不住幅度。老蒋赶紧说，算了算了吧。我那次学车便就此打住。

社会发展太快了，2012年年底来深圳工作后，感觉更是如此。在大城市，车辆明显是离不开的代步工具，周围的人几乎都会开车，有的家庭还两部车。慢慢地，我心有所动，我视力是不大好，但先拿个驾照总是必要的，有了驾照，会开车，等于多了一项生活技能，甚至于是关键时候的逃生工具啊；再说，有了驾照，也不一定非要立马买车、立马开车呀。

2016年3月，我去驾校报了个名，费用是5000多元。然后我的驾校学习之旅开始了。现在回想，整个过程显得拖沓且可笑。

得知我要考驾照，周围不少人觉得不可思议。有朋友说我，你考科目一那些肯定没问题，但后面的可能就不太行了。看来，群众的眼睛是雪亮的，大家公认我对汽车的实际操作能力会比较差。

报名之后，领了本教材，我却没了学车的积极性。驾校业务员小姐姐催促多次，让抓紧复习，先考科目一，我都是口头答应着却没有行动。这一拖，拖了两年多，业务员小姐姐说不能再拖了，再拖就过期了，强行给我报考了科目一。2018年八九月份吧，我去考了科目一，不出所料，顺利过关。

科目一考过后，业务员小姐姐让我去模拟练车，练习差不多后再约教练。模拟车我去练过几次，感觉像小孩子开的玩具车，一点兴趣没有。之后，驾校给了教练联系方式，让我主动联系，约时间练车。我又生出了拖延的毛病，加上家事原因，直到2019年10月，才联系教练，开始学习科目二。

也是通过学车，我才知道城市里还有这么一个驾校教练群体，人数还不少。这些教练，很多人的交流沟通能力并不是很好，普通话比较差，他们可能自己开车确实不错，但讲解、表达、交流能力就不那么强了。有些教练的性格似乎也不大好，以前我就不时听到说教练骂人了，与学员发生口角了之类的事情。

教练的工作环境比较艰苦，基本上是室外作业。大太阳下，他们得陪着学员练车。科目二的练车场往往比较偏，但又不能离市区太远，所以往往是在待拆迁的工厂园区、河边的空地等。教练就在练车场边上支起桌凳锅炉，烧水热饭，喝茶闲聊，称得上"风餐露宿"。

带我的是张教练，人不错，我开玩笑叫他张导。学了几次后，张导对我是有苦难言，评价我是：说你没学会吧，你有时开得挺好的；说你会了吧，你又经常毛手毛脚，心思好像就不在车上。

我觉得他的评价好像还挺准确，除了眼睛视力问题导致光线稍微暗一些就看不清线路、指示，我还有个致命问题，就是思想经常撒野，开着车，脑子可能就跑去想其他事情了。

到2019年年底，教练让我好好练习准备考试，但他挺犹豫，说不行就取消考试预约吧。我对考试的那种自信心上来了，说应该没问题。他说花几百元先去模拟考试下，我当时也比较忙，就没去。

去考科目二，进去后一片茫然，全程电子监控，自己去取车考试。前面那个哥们儿估计没考好，车在"车库"里几乎是横停着，我费了好大劲才把车调顺，开始实施教练教过的"倒车入库"，很快提示我考试失败，第一次机会就错过了。然后重新开始，"倒车入库""半坡停车""直角转弯"，到"曲线行驶"时，脑子似乎走神了，然后就播报我出线了，考试失败。唉！原来这个考试真的挺不容易。

打印了考试成绩单，发给张教练，他貌似很不高兴，后来干

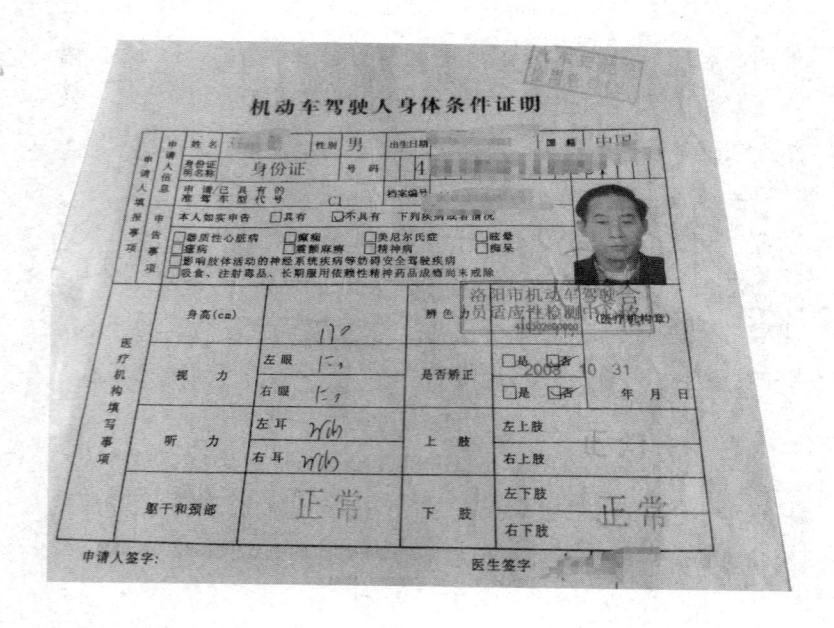

脆把我转手给了另一个教练。

  我也没有多少尽快补考的积极性，深圳的夏天又热，就又拖到2020年秋，才与教练联系学车。新教练姓向，我叫他向导，是一个矮矮胖胖的湘西小伙子，说话很难听明白。对他印象比较深刻的是，他拿到工资后在朋友圈秀了一把现钞，说要寄回老家给老爸。看来还是挺孝顺的一个小伙子。

  向导跟我闲聊过他这个驾考教练职位的来之不易，也看得出他很敬业，带学员很拼很尽心。但说实话，我感觉练车进步并不大，问题还是眼睛看不大清楚，把控不住角度和幅度。到2020年11月，我们去西丽那边一个驾考点考试，考试那天早上，向导还带着我和另外几个特别年轻的学员去附近练习，对我还是有点犹豫。不过比较幸运，这次我一次顺利过关。

科目二考过后，我又开始拖延。我开玩笑说，我在不停地留级。朋友们开玩笑说，驾校遇到我这种毕业不了的学员也是倒霉啊。2021年9月开始跟着金教练学习科目三。

科目三的练习都是在街道上，我经常担心路边的行人、其他的车辆会不会突然改变路线；车一跑起来，我又觉速度得太快，有点小害怕。不过练习几次后，似乎也还不错，教练就预约了考试。

2021年12月某天去考科三，本来还挺有信心，但在那儿等了一下午，轮到我上车开始考试时，光线已经变暗，这对我无疑是最大障碍，我已经看不清路上的"暗号"。好像第一个项目"靠边停车"，我就直接挂了，两次考试机会都这样子挂掉了。

想想还是放弃驾考吧，眼睛视力、脑子注意力都不大适合开车。但教练鼓励我不要放弃，再试一把，万一通过了呢。就又练习了几次，2022年元月中旬又预约去补考科目三，不幸还是挂掉了。

从报名开始，我的驾考之旅持续了快六年。其间，不少熟人都拿到了驾照，像洛阳的段老师就不时在朋友圈秀一下她拿到驾照后开车四处游玩的场景，确实挺令我羡慕的。还有不少朋友自驾走什么川藏线、滇藏线、独库公路，看得人心里直痒痒。如果我不会开车，一般也不会有人愿意带上我去远行，那纯粹是多了个"累赘"呀。

我也曾以周围段老师这样通过驾考的朋友、四处自驾远行的朋友为标杆，立下好几次旗帜，一定要通过考试，奈何每次都通不过。

想了想，算了，人都有适合做的事，也有不适合做的事。像我父亲，大概也是四十多岁时，在别人的指点下摸索学会了开车，现在成了"老司机"。我手头保存有他的一份2008年10月份的《机动车驾驶人身体条件证明》，那时候他年岁已经六十出头了。

学车、候考过程中，我听教练、学员说了好多人考驾照的趣事：考了十多次的，考完被人从车上抬下来的，考过后激动哭泣的……都很精彩。

我可能确实不适合开车，眼睛是个问题，注意力更是大问题。以前骑自行车，我因为和边上同行的人说话忘记了是在骑车，直接双手丢开了车把，摔了个后滚翻。即便拿到驾照，像我这种经常脑子走神、思想撒野的人，上路绝对是个"马路杀手"。算了，为了别人的安全，为了自己的安全，还是放弃吧。

我发信息给驾校业务员小姐姐，说拖了六年，费用不必退了。小姐姐说我都严重过期了，肯定不给退费的，还鼓励我，欢迎再次报她们驾校——这估计也是她对我的调侃。

再次报驾校考驾照？算了吧，短时期内先不考虑这个事情了吧。

那些与自驾有关的诗和远方，就继续先在远方待着吧。

——录于2022年7月

后记

生活不是我们活过的日子，
而是我们记住的日子，
我们为了讲述而在记忆中重现的日子。

——加西亚·马尔克斯《活着为了讲述》

在《票根记》即将完成近百篇时，在一个公众号上看到了上面这句话。我读过加西亚·马尔克斯的《百年孤独》《霍乱时期的爱情》，暂时还没看过《活着为了讲述》。不过没关系，这句话太契合我录这本《票根记》的心境，就转引一下，把这句话放在我这篇后记的开头。

我自小有积存东西的习惯。经手的那些自己觉得可爱、有意思的东西，都会想办法存起来。像小学时代收集的小人书、烟盒、糖纸，都是过了好多年才丢弃。长得稍大些，在家里有了自己的空间，各个年级的教材（尤其语文课本）、捡的石头、写的日记、收到的贺年卡都会存下来。读大学及工作后，生活丰富了，见到的可以留存的东西更多了，信件、邮票、电话卡、门票、车票、机票、证件、纪念币、老照片、证书……几乎都被我存起来了，会有遗漏或丢弃，但应该不太多。

这个习惯，绝对够不上"收藏"，只是个人性格使然。对于喜欢"断舍离"的人，我留存下来的这些五花八门的"玩意儿"，

大都属于废品，可以直接扔掉。比如，一张三十年前的贺卡，上面又没有名人留迹，能有什么价值？对于我，这些一钱不值的玩意儿，倒是可以钩沉不少过往，顺带还能回味一下当年某个时代的印记：我和我周围的人，当年都在用什么，喜欢什么，当时流行什么。比较下来，很多方面和现在真有天壤之别。一经回忆趣味就有了，感慨过往的不易，感叹现今生活的可贵。

前年秋天，我闲翻手头的夹子，忽然想，这些东西以后该怎么办？除了我，别人不会知道这些东西背后的人和事，还有我当时的所思所想所感。于是萌发了个想法，把每张门票、每个卡证背后的故事写出来，以文配图的形式留存作为纪念，反正我还比较擅长胡编乱写，拍照片更是举手就来地方便。2020年11月7日，我在朋友圈推发了第一则内容。

取名"票根记"，起初是因为当时收存的很多确实都是票，像发票、电影票、景区门票、邮票、车票、机票等，后来觉得大可不必拘泥于此。我们都是时空里的行人,这些票、卡、证,还有其他东西,都是我在时空里通行的门票,留下的都是我人生的存根、凭证、记忆,是我的人生之根。"票根记"这个名字,就这样保留下来了。

刚开始我写得都很简单,因为是在朋友圈直接记录的,算是手机写作。手机写作方便是方便,但比较费眼,而且修改、编辑都不如电脑直观。我个人也没有过多追求,就是想简单把那些票证背后的人和事勾勒一下,让这些票证"活"过来,所以前面的内容明显都比较单薄,字数不多,似乎写的深度也不够。范同学建议我有些篇目可以再深挖一下,我说算了,不必刻意。

手机写作另外有个好处,就是可以写得很随意,这个比较适合我的风格,东拉西扯,胡聊海侃,想到哪儿写到哪儿。我现今越来越不喜欢那种端端正正、周吴郑王的文风,每篇都是标准的文章。在我看来,文字本来是为表达生活,表达就应该随意、鲜活。所以一路写下来,除了眼睛遭殃,写得还是比较舒服。

我的朋友圈,默默关注的人可能不少,大家很快发现了我的"票根记"系列,反响还不错。毕竟都是现实生活中的普通人,还有与我一样经历了过去四十年时代变迁的人,很多"票根",很多事情,很多话,都容易引发人们的共鸣。围绕我朋友圈的"票根记",催更的、调侃的、共情的,都有。

一切都是自娱自乐,我没有写作压力,写与不写,全看心情。断断续续,写到2021年9月,写了第73则后,可能因为懒惰,或者身体原因,就暂停了。恰在当时,我收到家人从洛阳老家寄到

票根记 PIAO GEN JI

深圳的一个纸箱，里面是我从前留存下来的日记、贺卡、门票、荣誉证书等"存货"。我网购来一些收藏夹，费了不少工夫，把那些存货整齐地装进了夹子。虽然废纸一堆，看着也情怀满满。这些东西，差不多就是我四十年人生的经历和见证。

今年7月，身体感觉好了不少，忽然想把"票根记"继续下去。在暂停写录的这段时间，也有几个朋友问我，是不是该出本书了。出书的话，去年未完待续的"票根记"是个选择。于是就下决心尽快写。"原料子弹"是有的，那几大摞夹子里的东西，每张纸都差不多够我讲述一下，只看我愿不愿意揭开某张"票根"背后的往事。写作渠道，转移到了QQ空间的"说说"功能上，大都在电脑上写，感觉和发朋友圈差别不大。表达方式依然是东拉西扯，围绕"票根记"，我真不是在写文章，而是在回忆、记录过往的人和事而已。一切似乎与"文学"无关，如果要界定，我想这真的是"非虚构"。

这次写得极其顺利，一个月时间，我完成了原定计划，想要写的"票根"，想要记录的人和事，想要表达的想法，都有所呈现。遗憾也有，比如我不大可能把每次出行、旅行的见闻全部呈现，所以选择了西藏行、云南行两个系列。还有，以往我们惯常见到的是唱片磁带，用的是录音机、随身听等，前几天我刚在QQ音乐上买了某明星的数字专辑，前后对比，感触还不少，但我手头没有存旧磁带，也便没有写这个主题。遗憾留着也好，万事不必求全。

我们真的是生活在一个大时代。四十多年的时代巨变，映射到我们这些渺小的个体身上，可能就是我在这本《票根记》里展现的点点变化。很幸运，因为我歪打正着的"收藏癖好"，居然留存了这么多见证人生、见证时代变迁的"票根"。也感谢在这些"票根记"中出场的父母亲人、朋友或路人，不论你们是实名、昵称、代称，我们都是"时空同行者"，我的人生因为你们的出现而精彩有趣。

人到中年，生活朴素自在就好，正确认识自己，管好自己，善待他人，做些自己喜欢的事情，见些自己乐见的人。

"味无味处求吾乐，材不材间过此生。"我想表达的大概就是辛弃疾这句词的感觉。

所谓好的人生，也不过如此了！

2022年7月31日于深圳